이만하면 달콤한 인생입니다

# 이만하면 달콤한 인생입니다

## 아픈 나와 마주 보며 왼손으로 쓴 일기

고영주 지음

bodabooks

## 프롤로그

.
.
.

결국 오른손 엄지손가락은 안쪽으로 살짝 굽은 채 굳어 버렸다.

부기나 통증은 거의 사라졌고 기능도 대부분 돌아왔지만 활처럼 휘던 유연한 엄지손가락은 이제 없다. 그 손가락이 담당했던 야무진 힘과 섬세함은 아직 다 돌아오지 않았다. 손님 앞에서 초콜릿 박스에 리본을 묶다가 움찔하기도 하고, 힘을 쓰다가 멈칫하기도 하지만 그래도 괜찮다. 마음이 괜찮아졌으니까.

왼손에 펜을 들고 일기를 쓰고 그림을 그렸던 그 시간 동안 나는 단순한 몰입의 즐거움에 빠져 있었다. 한쪽에만 너무 많은 힘을 받아 무너진 몸을 보살피며 내 20년 기술에 대해서도 돌아보았고 앞으로 어떤 기술자로 살고 싶은지 방향을 점검하는 시간도 가졌다. 일만 생각하며 사느라 균형이 깨진 마음과도 정면으로 마주할 수 있었다.

왼손으로 글을 쓰고 그림을 그렸던 지난 일 년은 추상적이고 불필요한 걱정으로 고민하는 대신 손끝에서 시작된 선이 나아가는 방향에만 집중했던 시간이었다. 그 선들이 엮고 만들어 내는 단어와 그림들을 보며 나는 내 마음과 생활의 형상을 구체적으로 감촉할 수 있었다. 한층 더 본능적이면서 근원적인 만족감을 얻을 수 있었다.

왼손으로 쓰고, 왼손으로 일하고, 왼손으로 생각한다는 것. 그것은 기술자로 더 살아가기 위한 순응이었고, 한편으로는 불안한 마음과 불편한 육체에게 점령당하고 싶지 않다는 저항이기도 했다.

여기에 실린 글과 그림들은 그 순응과 저항을 겪은 내 마음과 몸이 지나온 기록들인데, 때로는 아프고, 때로는 슬프고, 때로는 절망스럽지만, 끝내는 유쾌해서 마음이 놓인다.

책으로 나온다니 또 쓸데없는 걱정을 하고 있다.

독자에게도 의미 있는 책일까?

의미를 만드는 건 읽는 이의 몫인데 내가 알게 뭐람!

그래도 책은 많이 팔렸으면 좋겠다.

진심을 다해 책을 엮어 주신 보디북스가 흥하면 좋겠다.

사회학자인 정은정 작가의 《밥은 먹고 다니냐는 말》 대신 만나는 사람마다 "초콜릿은 먹고 다니냐"라는 인사를 건네는 세상, 따뜻한 밥은 누구나 당연히 먹는 세상이 될 때까지 나는 초콜릿 기술자의 길을 뚜벅뚜벅 걸을 것이다.

기술자의 아픈 어깨와 손을 책으로 주물러 드리는 상상을 하며, 카카오봄 작업실에서 고영주

목차

# 2
## 나에게 주는 선물
### : 신난다! 제주 올레

# 3
## 부드럽고 달콤한
## 왼손 레시피

# 4
# 초콜릿을 만들려고
# 사장이 되었습니다

# 5

## 나와
## 친해지고 싶어요

# 6

# 달콤함 위에 응원을 올린
# 초콜릿을 팝니다

1

생각하는 손을 갖고 싶어서
열심히 일했더니 아픈 손이 되었다

고 영 주

01. 매일 글쓰고 그림을 그리겠습니다.
어깁시어기는 "백만원을 기부하겠습니다.
2021.04.07

- 왼손으로 쓰고 그리기
- 천천히 ~~깨끗~~하게
   깔끔

· 익숙한 생각에 질문 던지기
· 정의보다 묘사하기

**21. 4. 7**

**매일 글을 쓰고 그림을 그리겠습니다**

016

나의 얼굴

숙제
나를 글로 묘사하기
가족, 친한 사람
아끼는 물건
내가 사는 동네

2021. 4. 8. 목

나는

곱슬머리. 커트.

안경. 눈사이가 멀어 동안임.

작은코. 단정한 입매.

이마 넓고 둥근얼굴.

노르스름한 피부

키가 큰데 앉은키도 크다.

훤칠한 앉은키 …

어깨는 좁은데 가슴, 팔뚝 두꺼워

티셔츠, 윗옷 사기 어려움.

엉덩이가 큰데 허리도 굵어서

여자바지 사이즈 찾기 어려움.

맞는 옷 만나면 두개 사서 교복처럼 입음.

허우대가 멀쩡하니 다들 건강하다 여김.

기대에 부응하느라 건강을 위해 노력하는 중.

일할 때는 섬세한거 같은데

일상에서는 허술한거 같음

일 잘하고 빠르지만

일상에선 게으른 편

너무 다른 모습이라

사람들이 오해를 잘함

알아도 몰라도 지들 맘대로 잘몰라.

낙산공원 2021.04.09

석하, 진석이와

혜화문에서 출발 낙산공원 → 동대문 산책
하늘 파랗고 구름 사랑스럽고
아이들은 더없이 사랑스러운 날

진석이가 트레킹화 석하가 장갑 사주고
백제 정육식당 가서 육회 가돌쌈 부자처럼
먹음 아니 며칠 굶은 가난뱅이처럼...
차돌박이 구워 육회를 싸먹는 걸
마치 라볶이라고 !
단백질의

왼손으로 쓰고 그린 첫 나들이

친구들

통영 갔을때 하늘 푸르고 경치 아름답다고

랄라랄라 야호 춤추는 친구들

다 너무 달라서 재밌는 친구들

친구들처럼 끔내줬던 통영 당포성과 날씨

2021.04.10

**21. 4. 10**

**친구들과 함께**

우리집은 성산동
남쪽으로 한강 과
큰 공원이 있는 언덕 꼭대기에
있어서 바람이 잘 통하고 해가 잘든다.
성산동은 작은 산들로 둘러싸여 붙여진 이름인데
지(금) 새티산 한조각만 남고 다 아파트와 빌라다.
그 한조각 숲을 발견하고 너무 좋았다. 부자된 느낌

와우산 때문에 살았던 첫집
한강 공원 때문에 망원동 집, 지금집

모두    1. 산책 가능
        2. 조용할것          눈물나게
        3. 햇빛과 통풍 좋으면     감사

이제 다음집은 ... 1.2.3 갖춘 "내집"?!

2021.04.12

가방에 틴케이스 넣고 다니기 좋아한다.

오늘 틴케이스 안에는 간장카라멜이 들어 있다.

　6년된 간장으로 만들었는데 오래된 틴케이스를 찰칵

열때마다 향이 터져나온다.

　친구가 검색하더니 내가 아끼는 저 틴케이스가

아주 오래된 거라고 ... 벌써 잊어먹었다. 1800년 어쩌고 ...

내가 이 틴을 아끼는 이유는

낡아도 예뻐요

손에 딱 감기고

초콜릿이랑 쿠키 같은 맛난거 담아서

필요할때 쨘— 열어

나눠먹을때

기쁨을 더욱 ←유용한

북돋아주는 소품

이기 때문이다.

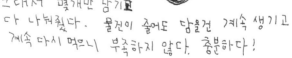

좋아-해서 많이

모았었는데,

알고보니 내가 진짜

좋아하는건 맛난거

담아서 피크닉가고

나눠먹는 거였다.

2021.04.13

그래서 몇개만 남기고

다 나눠줬다. 물건이 줄어도 담을건 계속 생기고

계속 다시 먹으니 부족하지 않다. 충분하다!

**21. 4. 13**

**알고 보니 내가 진짜 좋아하는 건**

"

물건이 줄어도 담을 건 계속 생기고

계속 다시 먹으니 부족하지 않다. 충분하다!

"

꽃이 좋아

하루가 다르게 움직이는게 보여서
조용히 다이나믹 해. 예쁜스럽러.

시들어서 버릴때 죄책감 대신
속시원해.
안녕 그동안
덕분에 즐거웠다
쿨해지는 기분
화분보다
가볍고
더 자유로와

화분주는 사람이
원망스러울 정도.

화분 죽이면 죄스럽고 무거운게 남잖아.
맨날 무거운 일정을 짊어지고 묵묵히 견디다가
누가 너무 빨리 죽을게 뻔한 커다랗고 못생긴
화분을 보내면 참았던 울음보가 터지기도 한다.
내게 아름다움을 선물하고 싶다면 꽃을 줘 !
꽃은 다 피고 지꼬 화사해. 화사.

가볍고        2021 04. 14.

**21. 4. 14**

**화분보다는 꽃**

피칸열매

평화나무농장에 다녀왔다.

역시나 선생님들의 시끌벅적
와그르르 하하호호로 혼이
쏙 빠지게 신났다.

통영오월 현정 쉐프는
젤라또 남은거를 통채로
들고 밥숟가락으로 입을
좌악 벌리며 먹어
젤라또 만든이(나)를
흐뭇하게 했다.

사람 알아가는
속도가 나랑 맞는다.
엄청 낯가리고 엄청 깬다?!

평나농은 내가 본 농가중 가장 건강한 자연을
일구는 곳이다. 사람도 땅도 동물도 경이롭게
건강해보인다. 그 많은 일속에서도 농장주변에
꽃을 심는다. 그 마음이 너무 예뻤다.

와다다다 먹고 웃고 배우고 떠들었다.
자연과 건강한 동거중인 그곳 선생님들의
든든한 빽 믿고 푸욱 기대고 맘껏 뒹굴다 왔다.
내 마음의 명품 빽

2021. 04. 15.

21. 4. 15

가장 명품 '빽'은 역시 사람이라는 '빽'

생각하는 손을 갖고 싶어서
열심히 일했더니
아픈 손이 되었다.

손아프니 생각도 어지럽고 일이 어지럽다.
자꾸 물건을 놓치고 힘을 못쓰니 바보스럽고
우울하다.

약, 침, 주사, 물리치료, 맛사지 뜸
열심히 했는데 어지간히
망가졌는지 꼼짝도 안한다.
인생의 위기감을 손때문에
느낄줄이야. 것두 오른손 엄지땜에
···· 손이
중간중간 경고를 했는데
내가 무시했다. 하던거 할땜
하던 가락으로 아픈거 잊고
심지어 더 많이 쓰더니만 ···
심각하게 되니 이 손가락 없이
할수 있는 일이 거의 없었구나
알게 되었다. 너 참 많이 참았고
나 참 내몸을 돌보지 않았구나

**21. 4. 16**
**그동안 고생한 나의 오른손에게**

그럼 나 이제 초콜릿을 둘러싼 수많은 일들은
어떻게 하지? 내 직업은 이렇게 끝인가?
마구 우울한 상상을 하며 뒹굴다가
정신을 살짝 차린 틈에 좋은 생각을 했다 💡
1. 손을 잘 보살펴서 좀더 쓸수있게 달래자
2. 왼손을 훈련시키자.

오른손도 쓰다보니 익숙해 진걸테니
 왼손도 이제부터 좀더 써보자!
오른손 너 수고했다. 나올수 있게 푹 쉬어——
라고 선언할 수 있는 계기가 있었다.
 아이가 처음 글씨를 쓰고 그림일기를 쓰는
마음을 기억하게 해주시는 통영밥상 선생님을
만난 사건과, 이십년 근속 기념으로 제주올레
한달걷기 프로그램을 내게 선물한 사건
         내가
두 개의 사건이 빵 터지면서
그동안 고생한 오른손에게 큰소리 빵빵
한달동안 일도 안하고, 주는밥 먹고
걷기만 한다니 좋아서 팔짝팔짝
               너무 신나——
               2021. 4. 16

" 선생님은 언제 쉬세요 ? "

" 아플때요 . "

내 대답에 나도 놀랐다.

쉬는 날 아팠던 게 아니라
아파서 쉬게 되는 날이 많았다.
억울한 마음이 들었다.
쉬는 날을 날려먹은 기분이다.
쉬는 날은 잘 쉬고
아픈 날은 앓아야지.
쉬는 날 못 쉬면
아파서 쉬게된다.
내 소중한 쉬는 날.

이제 지켜줄께.

**쉬는 날은 잘 쉬고 아픈 날은 앓아야지**

## 나는 어쩌다
## 왼손으로 그림을 그리게 되었을까?

·
·
·

지난봄 친구들과 통영 여행을 갔다. 통영 '오월' 셰프 님께 특별히 추천받아 박경리의 소설《김약국의 딸들》 배경이 되었다는 정갈하고 아늑한 마당 있는 한옥 '이즘'을 예약했다.

함께 여행을 떠난 이들은 나이도 성격도 다른 친구들이지만, 맛있는 거 먹고, 설렁설렁 걷고, 시장 구경하고, 숙소에서 뒹굴 뒹굴하는 여행 스타일이 비슷하다. 이번엔 숙소가 특별해서 더욱 기대가 되었는데, 출발 전날 한옥 수리가 시작되어 예약이 취소된다고 연락이 왔다. 여행 전 맘에 드는 숙소가 정해지지 않으면 불안한데 바빠서 다시 찾을 여유가 없었다. 죄송하지만 오월 셰프 님께 도움을 요청했고 급하게 누군지 모르는 '밥장' 님네 집을 구해 주셨다. 숙소로 빌려주는 집이 아닌데, 집주인이 누군지도 모르는 여행객들을 위해 이박 삼일 동안 나가(?)주신다고 했다.

다음 날 통영으로 출발~. 나이를 가늠할 수 없는 외모의 밥장 님이 마중 나와 '집 사용법'을 브리핑해 주시고 진짜 '나가(?)주셨다'. 자기 집을 낯선 이들에게 선뜻 내어 주는 마음은 어떨까 하는 생각이 들었고 미안한 마음도 없지 않았지만, 주인장이 친절하시고 집이 너무 예뻐서 다들 금세 신이 났다.

밥장 님의 집은 오래된 단독 주택이었다. 오래전 지은 그대로인 듯도 하고 새집인 듯도 한 집이 아름답게 서 있었다. 마당엔 향나무처럼 둥글게 자란 커다란 로즈마리 나무가 있는데, 바람이 스칠 때마다 집과 마당이 향기로 자욱하게 휩싸였다. 옥상에서는 통영의 평화로운 바닷가와 충무교 건너 미륵산이 코앞처럼 가깝게 바라보였다. 집안 곳곳에는 밥장 님의 그림이 걸려 있었는데, 그때까지만 해도 '아, 일러스트레이터 인가 보다' 하는 생각만 했다.

해가 잘 드는 쾌적한 남의 집에서 다들 내 집 같다며 편안하게 잘도 묵었다. 집주인 밥장 님이 운영하신다는 봉수골에 있는 카페 '내성적싸롱호심'에 가서 맥주도 한 잔했는데 벽에 붙은 작은 포스터가 눈에 들어왔다. 〈몰스킨 그림일기 레슨〉 수강생을 모집하는 포스터였다. 그림일기라니. 초등학교 개학 전날 몰아 쓰던 지겨운 그림일기가 떠올랐지만 이상하게도 '그림'에 자꾸만 마음이 갔다. 그리고 '그림 그리고 싶다'라는 감정이 아지랑이처럼 피어올랐다.

통영 여행을 마치고 서울로 올라왔다. 오른손 상태는 더 안 좋아졌다. 통증이 점점 더 심해졌다. 그림 그리고 싶은 마음은 더욱 짙어졌지만 그렇다고 통영에 갈 수 있는 입장도 아니었다. 일단 밥장 님 책을 주문해서 읽었다. 밥장 님의 글도 좋았지만, 더 부러운 건 그림을 통해 다양한 감정을 표현하고 있다는 것이었다. 그 능력이 너무 대단했고 부러웠다. 책을 읽으면 읽을수록 '나도 그림을 그리고 싶다. 내 느낌을 그림으로 표현하고 싶다'는 마음이 계속 들었다.

고민하다가 덜컥, 밥장 님의 줌 수업을 신청해 버렸다. 세 번 이상 반복해서 떠오르면 의미가 있는 거야! 늘 그렇듯 돈을 내면 시작이 더 쉽고 잘 된다. 일단 시작! "아니 오른손도 아프면서 뭔 그림까지 그린다고 그려." 친구한테 걱정을 들었지만 나는 되레 설레었다.

첫 수업부터 의외였다. 그림의 의미나 기본 테크닉 뭐 그런 거 배울 줄 알았는데 "그림일기를 매일 쓰지 않으면 백만 원을 기부하겠다"라고 몰스킨 첫 장에 적고 서명까지 하게 했다. 물론 백만 원 기부는 내가 정하게 했지만 왠지 '선수'한테 걸려든 기분이었다. 덕분에 하루도 거르지 않고 매일 그림일기를 썼다. 매일 밥장 님께 카톡으로 일기를 전송했고 밥장 님은 정성껏 코멘트를 달아 주셨다. 그림 잘 그리는 테크닉 지도보다는 즐겁게 계속 그려 나갈 수 있도록 으쌰으쌰 해 주시며 무엇을 표현하고 싶었는지, 기분은 어떤지 그런 이야기를 더 많이 나누었다. 그러다 보면 어느새 다음 그림일기는 뭘 쓰고 그리게 될까 기대하게 되었다.

생각처럼 안 그려지니 답답하기도 했다. 의기소침해지기도 했다. 하지만 재미가 있으니 그것도 또 희한한 일이다. 아픈 오른손을 두고 왼손을 익숙하게 길들여 보겠다고 시작한 일은 여기서 시작되었다.

박윤정 님이 오셨다.
맛있는 초밥이랑
제주올레 가서 쓰라고
향 진한 로션.위시액?
뭐라고 하지? 샤워비누...
평소에 쓰지 않는 것이라
이름도 모르겠다.
　　　그래도 여행중에는
　　　써야지.
　초코땜에 향 있는
핸드크림도 안 썼는데 한달동안
애니퍼 쿰 웰컴.

　그녀가 처음 초콜릿 전문과정에서 ❀ 배울때
　　　"초콜릿은 행복한 사람이
만들어야 한다"고 하던데 그래서 많이
고민했어요. 사실 전 많이 불행하거든요...'
라고 말해서 깜짝 놀랐다.

　'네 에? 누가 그래요? 초콜릿 만들면
　행복해 집니다!' 라고 말해주고 마음으로 그녀를
꼭 안아줬다. 지금 그녀는 좋은 기술자가 되어
유명한 커피업체 초콜릿팀장으로 일한다.
　그때 이야기 하면서 나를 안아준다.
　조금씩 행복해지고 있다고. 초콜릿 만나서 좋다고.

그녀가 포기하지 않고 여기까지 ~~와서~~ 와서
얼마나 고맙고 다행인지 모른다.
초콜릿아니더라도 이만큼 노력하고 견디면
내가 더 소중해지고 ~~행복하.... 다는건~~
행복해지고 싶은 열정도 생기더라.
소중하고 대견한 나를 "행복하게 해줄께"
뭐 이런 마음? (이런말 보통 남한테 하지) 믿지마

초콜릿을 만들어서 행복해 지는 것도 아니지만
나나. 그녀나 초콜릿과 함께

초콜릿을 통해서
더 자주 행복한 나를 만나고 있으니
이만하면 달콤한 인생이다.

그녀가 너무 이뻐서, 대견해서
싱가폴. 페루. 영국서 온 초콜릿 보석상자에서 다 꺼내
먹어보라 쫘~악 펼쳐주었다.
이거 봐봐봐... 우리가 만날 초콜릿은 끝이 없어요
설레는 여행 함께 해요. 2021.04.17
설레일때까지 만...

# 달콤살벌한
# 초콜릿 작업실

․
․
․

쇼콜라티에는 소비자에게 돈을 받고 초콜릿을 파는 직업인이기 때문에 '돈값'을 하기 위해 늘 긴장한다. 취미로 초콜릿을 만드는 이들에게 작업실은 달콤하기만 한 공간이겠지만, '제품'을 만드는 이에게 작업실은 오히려 살벌한 공간이라고 하는 것이 맞다.

냄새와 빛, 온도, 습도 등에 민감하게 반응하는 초콜릿은 다루기가 상당히 까다롭다. 하나의 초콜릿이 제품으로 완성되어 매장으로 나가고, 손님에게 전달되기까지 세심한 손길이 필요하다. 어느 단계 하나라도 잘못되면 판매할 수 없다. 쇼콜라티에라는 직업은 한 발 떨어져서 보면 아주 낭만적인 직업같지만, 옆에서 보면 냉철한 기술자에 가깝다. 작업실에 존재하는 살벌한 규칙들은 모두 이 상품성(돈값)을 지키기 위해 만들어진 것들이다.

- 작업자는 초콜릿이 좋아하는 환경(온도, 습도, 청결)을 유지하도록 힘쓴다.
- 작업자는 향수, 화장품, 핸드 크림 등을 사용하지 않는다.
- 무의식적으로 얼굴이나 머리를 만지지 않도록 한다.
- 머리카락이 흘러내리지 않도록 정리한다. 액세서리는 빼놓고 작업한다.
- 냉장고나 숙성고에 수분이 생길 수 있는 재료나 냄새나는 음식을 절대 넣지 않는다.
- 작업대에 기대거나 엎드리지 않는다.
- 밖에서 들어온 물건을 작업대 위에 올리지 않는다.
- 겨울철 털옷 등은 밖에서 벗어서 정리하고 들어온다.
- 외부인은 작업실에 허락 없이 들어가지 않도록 한다.

적어 놓고 보니 초콜릿 작업장뿐만 아니라 거의 모든 키친에 해당되는 상식이다. 그런데 이 상식을 어겼을 때 분위기는 살벌하게 변한다. 'STAFF ONLY'라는 표시가 없더라도 외부인이 남의 작업실에 불쑥불쑥 들어가면 기술자는 위생적인 면과 기술자 자신의 프라이버시적인 면에서 당혹스럽다. 작업실로 들어오라고 당신을 초대했다면 무엇보다 당신에게 굉장히 큰 호의를 베풀고 있는 것이다.

작업실의 기술자는 상품을 만들어 내기 위해 오만 가지 신경을 쓰고 있거나 때론 쉬고 있다. 작업실은 소비자에게 선보이기 직전의 커튼 뒤 무대이기도 하고, 기술자 자신을 위한 무대이기도 하다. 커튼이 올라가면 언제라도 완벽하게 또는 완벽한 척이라도 해야 하는 긴장되는 무대이다.

2021.04.18

드디어 내일 제주올레 트레킹을
　　　　떠난다.
　　　　　늘 떠나기전에는
미친널뛰듯 바쁘다
허술한 짐을 싸고
　　　가장 지친 상태로
비행기를 탄다.
　　　오늘 일기 건너뛸까
잠시 흔들렸다.

매일 안쓰면 100만원 기부하기로
했는데 매일 쓴다면 너무 기뻐서
기부할거다. 어차피 할거 매일 쓰고
하면 정말 좋겠다.
하틀 내일부터 제주도 기대된다 끝一

**21. 4. 18**

**내일부터 제주도 여행, 신난다**

## 결국 행운은
## 나의 편!

.
.
.

지난 4년은 일적으로든 개인적으로든 모두 스펙터클했다. 경리단길 매장 철수, 용산 삼각지 매장 오픈, 홍대 매장 철수가 한꺼번에 얽혀서 무척 애먹었다. 그만큼 몸도 많이 망가졌다. 편두통을 내내 달고 있었고, 어깨와 손목 등 온몸에 통증이 왔다. 한 달 동안 이어지는 하혈에 얼굴이 노랗게 변하기도 했다. 몸과 함께 정신도 한없이 나락으로 떨어졌다. 까마득한 땅속으로 꺼져 들어가는 것만 같았다. 편두통을 참을 수 없어 병원에 가면 의사는 우울증 약을 처방해 주었다.

내가 너무 힘드니 가족, 친구들과도 관계가 소원해졌다. 뭔가 삐거덕거리고 문제가 있다는 걸 알았지만, 그것과 마주 대할 에너지도, 용기도 생기지가 않았다. 안팎이 난리였지만 내게 겨우 남은 힘으로는 닥친 일을 하기에도 벅찼다. 정말이지 몸과 마음이 한 번도 가 보지 않은 차원의 세상으로 건너가는 느낌이었다. 이런 게 갱년기일까? 이제 겨우 20년 일했는데 벌써 이렇게 너덜너덜 정신을 못 차리는 갱년기를 맞이하다니. 당혹스럽고 창피했다(지금은 그렇지 않다).

나의 부족한 에너지를 채워 준 직원들과 아들, 딸의 도움 덕분에 어찌어찌 홍대 매장까지 다 정리하고 삼각지 매장을 오픈했다. 현실적인 문제를 어느 정도 해결하고, 그나마 한숨 돌릴 여유가 생기게 되자 '나 자신에 더 집중하고 스스로를 보살펴야지' 하는 마음이 들었다. 그런데 코로나가 다시 세상을 뒤집어 놓았다.

갑작스런 바이러스 소식에 조마조마하며 겨우 발렌타인데이라는 '대목'을 치렀다. 매장이 어느 정도 조용해진 기회를 틈타 좀 쉬어야겠다 싶었다. 이전까지는 쉬고 싶은 생각이 들 때면 공부를 핑계 삼아 외국으로 '도망'가곤 했는데, 2017년 페루 카카오 테이스팅 과정을 끝으로 코로나 때문에 이제는 가고 싶어도 못 가는 신세가 되고 말았다. 그런데 이상하게 가고 싶지도 않았다. 공부도 싫고 여행도 싫었다. 마음이 그림자처럼 땅에 질질 끌리는데 그런 게 다 무슨 소용이람.

그즈음의 나는 커다란 소용돌이 속에 들어와 있는 듯한 느낌이었다. 내가 다른 땅에 툭 던져진 듯한 느낌이었다. 어느 것 하나내 맘대로 할 수 있는 것이 없는 상태. 그러다가 어쩔 수 없이내가 겪어야 하는 일이라면, 그것이 갱년기든 홍역이든 피하지않아야겠다는 생각이 들었다. 가만히 응시하고 이해하고픈 마음이 생겨났다.

나쁜 일 하나는 좋은 일도 하나 데리고 오는 모양이다. 코로나의 시간 동안 나는 나를 더 '응시'하는 시간을 가질 수 있었다.몸도 챙겼다. 유튜브를 틀어 놓고 꼬물꼬물 스트레칭하는 습관도 만들었다. 그러고 보니 다 잃은 건 아니구나. 바쁘면 시간이없는 대신 돈이 들어오고, 한가하면 돈은 없지만 시간이 많으니 좋다는 생각을 하게 되었다.

이왕 이렇게 된 김에 어디 가서 쉴까 생각하던 중 내가 존경하는 여인 제주 올레 안은주 이사장님 페북에서 '제주 올레 한 달걷기' 프로그램을 알게 됐다. 하루 세끼 먹여 주고, 재워 주고,걷기 시작점으로 데려다주고, 도착점으로 데리러 오고, 스텝들과 따로 또 같이 제주 한 바퀴를 걷는 프로그램이었다. 어머, 내가 사랑하는 제주 올레에서 나를 위한 프로그램을 만드셨네!

걷고 싶지만 무거운 짐을 들고 걷는 건 싫어!

올레길을 완주해 보고 싶지만 매일 숙소 알아보고 바꾸는 건 귀찮아!

혼자 걷는 건 무섭지만 단체 생활은 나랑 안 맞아!

최소한 한 달은 걸어야지 걷는 맛을 알지!

마치 내가 툴툴거리는 소리를 듣고 만든 것 같은 프로그램이었다. 망설일 이유가 없었다.

"나 고영주는 20년 근속 기념으로 나에게 제주 올레 한 달 걷기를 선물합니다! 탕탕탕!!!"

20년밖에 안 했는데 벌써 이렇게 늙었냐고 한탄하던 나 어디 갔니? 아주 신이 났다. 2006년부터 함께 일했던 직원 은정 씨 덕분에 가게는 까맣게 잊을 수 있었다.

정말 행운이었다.

결국 행운은 나의 편~.

2

·

나에게 주는 선물
: 신난다! 제주 올레

2021.04.19

설문대 할망 얼굴이 선명하게 보이는
구름한점 없는 맑은 날
기코스 17.6 km 걸었다.

걷다보니 너무 힘들어서 이 고행길을 왜 그리
안달을 하며 선택했을까 살짝 후회가 들었다... 가
믿을수 없게 비현실적인 아름다운 자연 앞에서
다시 참회했다.
└ 변덕을

강정마을 깊이 다가가니 바다처럼 넓은 화산바위
'구럼비'와 맑고 넓은 두개의 천이 바다와 만나는
풍경에 입을 다물지 못했다. 이건 설문대 할망의
최고걸작 아닐까 그곳에 세워진 해군기지는
서늘하다. 남아있는 구럼비만 보아도
왜 그리 강정마을을 지키기위해 오랫동안 싸우고
희생 했는지 이해가 된다. 해군기지 ... 구린느낌
좀 찾아봐야겠다.
달이 비추면 숨멎게 아름답다는 '월평마을' 지날때
못봤던 앙증맞은 배추차장?은 다시 가서 멍때릴것
완전 멍때리기 좋은곳, 달밤이라면 더 좋겠다.

21. 4. 19
**숨이 멎도록 아름다운 날**

떠나기 전 일정이 빡빡했었고 오기전날 잠못 자고
새벽 비행기에 바로 걸어서 불안 했는데
역시 편두통이 오셨다. 그분이 오시면 난
손도 못쓰고 쓰러진다. 마지막 힘을 모아 약을 먹고
7-1코스 걸으러 방을 나서는 친구 모습을 흐리며
잠이 들었다.

JEJU OLLE
PASSPORT

둘째날 쓰러지다니.
한심하다 생각
않하기로 !
숙제하듯
걸으러 온게
아니라
아무것도 안하고
내 몸과 마음에
집중하러
떠났으니까.
그렇게 떠나려
고 얼마니ㅡ
용쓰고 일했으면
편두통이 왔나 흣흣.
푹쉬어라 . 비록 약기운이지만
경직된 어깨 풀고 다시
걸으면 되지뭐

2021·04·20

다시 약먹고 침대로 가기전 일기를 쓰게되어 다행이다

**21. 4. 20**

**푹 쉬어, 다시 걸으면 되지 뭐**

2021.04.21

천 번을 뒤척여야 아침이 되는구나 괴로운 불면이여!
화를 내며 일어났지만 친구가 내리는 커피향이
좋아서 금방 행복해졌다. 편두통 새~~끼~~가 살짝
이마에 남아있어서 스트레칭을 열배 하고 겨우
길을 나섰다. 우려와 달리 머리도 다리도 멀쩡하게
잘 걸었다.

　8코스 19.6 Km .
약천사에서 설문대 할망의 오백명 자식이라는
오백나한상 모아 놓은 방에 들어갔다가 무서운 생각나서
얼른 나왔다. 할망이 빠진 팥죽을 맛있게 나눠먹은
자식들이라서... 근데 웃는 얼굴이 많다.
서귀포에서 젤 지루한 중문단지를 지나
주상절리가 절경인 대평포구에 도착할때 쯤
해가 바다쪽으로 낮아지며 수만개의 낮별을
바다위에 흩뿌렸다. 제주가 이렇게 아름답구나.
걷지 않으면 만날 수 없는, 걷다가 만나는 아름다움이
현실같지 않아서 사진 찍을 엄두가 안난다.
　　　　감히 <sub>한뜸</sub>
내 똥사진 실력으로 ↙갖다 댈 대상이 아니랄까.

이 프로그램은 제주올레에서 처음만든
올레 한달걷기'다. 서명숙 이사님이
산티아고를 걷고 제주올레를 만든지 14년인가.
코로나를 지내며 나온 상품인지 모르지만

ROUTE 8

그래도 한달은 걸어야 걷는 매력과 의미가 있다고
제주올레 한달걷기 1회 시행? 시도에 참여한 거다.
18명 정원에 7명 신청해서 취소될까- 걱정했지만
단체 활동 싫어하는데 … 그나마 인원이 적어 다행.
큭 혼자 한달 걸으려면 짐, 숙소, 안전, 이동 …그런거
하는게 더 싫어서 숟가락을 얹었다.
첫날 서명숙씨랑 함께 걷는데 그녀의 몇마디 말에
안심 했다.
" 다들 귀한 시간, 각자의 이유를 갖고 참여 왔으니
좀더 자기에게 집중하도록 단체지만 단체아닌
프로그램이다. 너무 열심히 걷지 말고 놀며 쉬며
아름다운 풍경 만나면 앉아서 멍도 때리시고 …
다들 열심히 살다 오셨지 않나.. "

밀맥주
맛남

ROUTE 10

2021.04.23

화순해수욕장
~송악산~ 모슬포
일본 알뜨르 비행장
4.3 제주항쟁 섯알오름 추모

형제섬

가파도 - 엄청 납작한 섬

넓은 초원의 끝은 항상 바다랑 만난다.

구름과 바람의 날

해변의 바람이 엄청나서
제주바람 제대로 맞음
음력 2월 북서풍 쌔대기보다는
낫다지만...

하귤나무 귀여워서
↓ 그림이 너무 웃기다
이게 뭐야

차로 다녔다면 아마도 5분도 못견뎠겠지만
6시간 넘게 맞으니 은근 속시원한 중독성 있다
이맛 알면 바람없는 곳 못견딘다고 한다. '을 읽는게
자기전. 서명숙 대표의 "서귀포를 아시나요"
너무 좋다. 구멍난 내 기억안으로 파도랑 바람이
들락거리며 감각을 건드린다. 서귀포 사람이 들려주는
이야기가 좋다.

구 멍 난  내  기 억  안 으 로

파 도 랑  바 람 이  들 락 거 리 며  감 각 을  건 드 린 다 .

"

화산 폭발로          신평 곶자왈
화산이 지나간 구간에
밀림이 형성된 곳.

ROUTE 11
2021. 04. 24

삶의 터전을 뒤덮은 용암 길이
세월이 흘러 천혜자연으로 저절로 살아난 신비로운 숲.
화산암의 요철과 구멍때문에 보온 보습이 된다는
곶자왈 숲에 들어서자 갑자기 시원한 바람이
불어 청량한 느낌이 신기했다. 겨울에는
따뜻하고 여름에는 시원한 숲을 걸으며
비극이 먼 훗날 훌륭하게 회복된걸까.
애초에 자연에는 비극이 없는걸까.
인간이 위대한 자연에 잠깐 빌붙어 사는거라고
느껴졌다. 그런주제에 자연을 함부로 대하니까
큰코 다칠거다. 무조건 지켜야할, 아니 우릴
지켜주고 살아가게 해주는 자연을 존경하고
경외해야 할 일이다.

제주올레 길동무 두분이 동행하는데
오늘 한분은 제주분이고 사진도 프로급이고
멋쟁이시다, 제주 이야기와 제주어, 제주민요도
어려서부터 체험한
가르쳐 주신다. 길동무에 따라 보는게 조금씩
달라진다. 제주어는 제주사투리가 아니라

제주어 라고 강조하셨는데 정말 그런거 같다
열살 정도 위의 어르신은 남여 모두 삼촌이라
부르고 밭에서 일하시는 삼촌 만나면
" 삼촌~ 속암수다~ " 라고 인사하라고 하셨는데
삼촌이 반가운 마음에 뭐라뭐라 그러시면
"네? 뭐라구요? " 그럴판이다.

몇가지 더 알려주셨는데 ... '삼촌 미인이세요' 는
" 삼촌~ ... 모도라 ??? " (눈 꿈뻑 꿈뻑 )

외국어 맞어

천혜향
껍질 얇고 좀 향 풍부T

오늘의 중점  무릉외갓집 ( 농업법인 )에서
눈이 번쩍 뜨이는  감귤류 쥬스를 마시고,
한 농부가 개발했다는 '레몬귤' 한봉지
사서 신났다. 무릉외갓집의  천례향으로
초콜릿을 만들어 콜라보 전시회를 한 적이 있는데
그 후로도 농민들은 한라향, 레몬귤 등 계속 새로운
상품을 내놓고 계시군. 냠냠

향은 레몬, 맛은 귤

레몬귤

오늘은 모슬봉의 수많은 무덤을
지났는데 무덤위를 고사리가
덮었다.

오늘 코스 혼자 걷기 무섭.

15.9 km    13코스 용수 - 의자마을
                  ~저지올레(오름)

중산간 마을에서 한라산으로
오르는 길목.

의자마을 보니 십여년전
이길을 걸었던 기억이 난다.
아름다운 나무아래서
마을에서 준비한 도시락을
먹으니 천상의 점심이였다.

ROUTE 13
2021.04.26

통영밥장님
줌 수업

윤곽과 그림자
잘라내기
틀려도 괜찮다. 펜 가는대로
크게 쓰자.

숙제
·단골집
·음식
·레이블

21. 4. 26

**나무 아래서의 점심**

2021. 04. 27

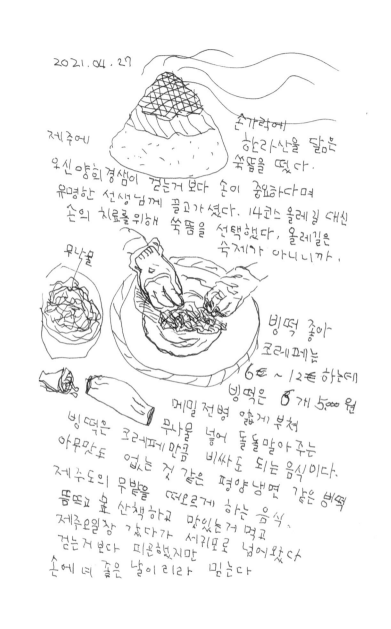

제주에

손가락에
한라산을 닮은
쑥뜸을 떴다.

우신 양희 경삼이 걷는거 보다 손이 중요하다며
유명한 선생님께 끌고 가셨다. 14코스 올레길 대신
손의 치료를 위해 쑥뜸을 선택했다. 올레길은
숙제가 아니니까.

무나물

빙떡 좋아
크레페는
6€ ~ 12€ 하는데
빙떡은 8개 5,000원

메밀 전병 얇게 부쳐
무나물 넣어 돌돌 말아 주는

빙떡은 크레페 만큼 비싸도 되는 음식이다.
아무맛도 없는 것 같은 평양냉면 같은 빙떡.
제주도의 무밭을 떠오르게 하는 음식.
흠뜨고 요 산책하고 맛있는거 먹고
제주오일장 갔다가 서귀포로 넘어왔다
걷는거 보다 피곤했지만
손에 더 좋은 날이리라 믿는다

**21. 4. 27**

**빙떡은 제주도 무밭의 맛**

왼쪽 두번째 발가락이
덧나려고 한다.
내일은 하루 쉬고 다시
쑥뜸 뜨러 가야지
염증 위험해
항생제 먹기 싫다.
모든 통증의 80% 이상은
염증때문이란다
염증에 함락 당하지 말자!
너무 졸려 zzzz

행자나무

2021. 04. 28
편지모롬에서 본 꽃자왈 파노라마 짱감동
한정꽃자왈 ♡♡♡

ROUTE 14-1

**21. 4. 28**

**발가락이 아프다**

2021.04.29

팀들은 애월쪽 바닷가를 걸었고 나는
제주시로 쑥뜸 치료를 받으러 다녀왔다.
한시간의 쑥뜸을 떠주려면 한시간동안 쑥을
틀에 꼼꼼히 채우고 다지고 빼내는 작업을 해야
한다는걸 알았다. 그 과정을 보니 내 손가락처럼
그분들 손가락과 어깨가 힘들어질거 같았다.
쑥에 불을 붙여 고루 타들어가게 관리한 후
두꺼운 거즈에 올려 눌러써 불을 끈 후 아픈 부위를
덮고 꾹 누른다. 뜨겁다고 하면 떼서 후- 불고
다시 누르고를 식을때까지 반복한다.
  소염효능을 가진 쑥을 열기와 함께 아픈부위에
대어주는 단순한 방법인데 부작용이라고는
화상 정도… 의학에 문외한도 나쁠게 없다고
느껴진다. 불면증치료도 함께 했는데 일단
뜨거운 기운이 어깨와 목에 눌려지는 것 만으로도
뭉친 통증이 풀리는 기분이다. 이렇게 지극정성
반복하면 편두통도 나아 질거 같다.
  하지만 이 방법은 최비인 선생님이 유일하고
 ( 배우다가도 힘들다고 도망간단다 )
집에서 하다간 연기때문에 신고? 들어 갈테니.
최재충 박사가 창안한 요법이고 아들이 이어가고
있다는데 귀한 방법이긴 하나 어려운 길 같다.

**21. 4. 29**

057    **쑥뜸을 뜨고 신용 카드를 잘라야겠다고 생각했다**

누구나 이 방법으로 스스로 몸을 돌볼수 있도록
쑥성분을 담은 숨과 전기가열기? 를 결합한
기구? 를 개발하셨다니 (그러느라 서울 집을
파셨다니.... ) .

나는 이제 호텔방에서도 열심히
나를 돌보고 친구 찰뜸질도 낮게 해주고
집에 가서 엄마아빠에게도
찾아가는 쑥뜸 서비스를 하겠노라고
다짐하며 그 기구를 사들고 왔던것이였다!
동시에 이제 카드를 자르겠다고도 다짐했다.
노인네들 어디 휩쓸려 가서(몇번 안쓰고 작은방에
쳐박아둘) 건강부조기구 사오는 심정이랄까.
일단 친구 눕혀놓고 시술? 해주고 일기쓰고
나 해야지~

생강분말
담음

내가
이럴줄
몰랐다.
가보지
않은길

고마
쑥짐

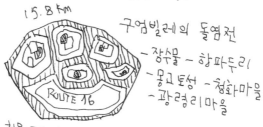

2021.04.30

15.8Km

구엄빌레의 돌염전
- 장수물 - 항파두리
- 몽고토성 - 청화마을
- 광령리마을

ROUTE 16

처음 걷는 날처럼 다리가 무겁고 피곤했다.
쑥뜸 받고 풀린 근육때문인가. 맛사지 받고 무리하는
느낌이랄까.

하지만 길은 바다로 마을로 숲으로 토성으로
보리밭으로 지루하지 않게 모습을 바꾸고
인솔자가 3~4명에서 한명이 되니
조용하고?! 각자의 보폭으로 걸을 수 있어 좋았다.
청화마을연가... 꽃밭이 아기자기(한) 마을
갑자기) 나타난 무인카페가 신기했다.
아주 오래된 작은 농가를 예쁘게 리모델링해서
꿀쥬스랑 커피 과자등 메뉴도 수십가지 셀프바에)
카드단말기까지 갖춘 아주 깨끗한 카페.
주변인 꿀나무 밭을 걸을 수 있게
가꿔놓고 포토존도 있어 꽤 여유롭게 쉬며
즐겼다. 누군가 보이지 않지만 무척 부지런하고
버려짐 있는 우렁각시가 돌보는 카페일거다.
그 작은 무인카페 때문이라도 다시가고픈 16코스
16코스 추천하면 그 카페 때문일듯.

오늘은 내 생일

전달에 벨기에대사관

행사에 디저트 심사위원

하고 사례로 받은

BRUT 을 제주올때

짐속에 챙겨왔다

오늘 제주올레에서

주는 저녁 대신

홍대 단골집이

열었던

JENNIS BREAD

가서 콜키지로

땄다.

내일은 올레길 쉬는날

친구와 축배를 들며

맛난 피자와 파스타를

먹으니 휴일 전야라 더욱

행복에 겨웠다

제니스가 홍대 건물주에게 꽃겨나 서귀포로 옮긴후

서귀포에 익숙한 단골집이 생긴거다

→ 얼마전 벨기에
대사부인이 사회적
물의를 일으켜
체수없지만
벨기에 와이너리
에서 만든 이
발포와인은
참으로 맛이 좋구나

내 생일을 자축하니
참으로 기분이가
좋구나.

벗이 함께 놀고 걷고
먹고 마시니 너무 조쿠나

행복한 하루

2021.05.01

쉬는날

13일차 휴일

중문 바닷가 산책

늦잠자고 침대에서 커피 마시고

책읽고 산책하고 돌아와

낮잠자고... 이보다 더 좋을수 있을까

여기가 수평선

**21. 5. 01**

**설탕처럼 반짝이는 하루**

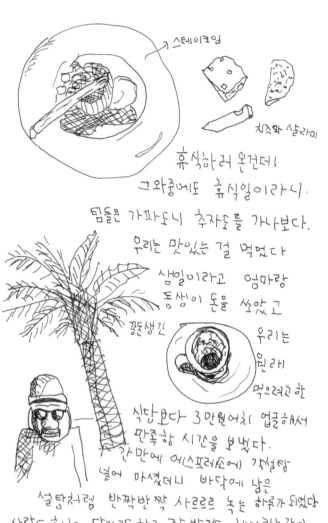

스테이크임

치즈와 살라미

휴식하러 온건데
그와중에도 휴식일이라니.
팀들은 가파도니 추자도를 가나보다.
우리는 맛있는 걸 먹었다
생일이라고 엄마랑
동생이 돈을 쏘았고
우리는
원래
먹으려고 한

꽁돈생긴

식당보다 3만원어치 업글해서
만족할 시간을 보냈다.
간만에 에스프레소에 각설탕
넣어 마셨더니 바닥에 남은
설탕처럼 반짝반짝 사르르 녹는 하루가 되었다
사랑도 휴식도 달라고도 하고 잘 받기도 해야하는 갑다.
난 여태 사랑은 주는거고 휴식은 바쁠때 하는건줄...

"

사 랑 도  휴 식 도  달 라 고 도  하 고  받 기 도  해 야  하 는  것 .

주 기 만  하 면  안 되 는  것 .

"

## 일하고,
## 쉬고, 사랑하라

　　·
　　·
　　·

일할 때 쓰던 근육의 긴장을 쉴 때도 내려놓지 못하고 머리에 얹힌 스트레스 모자를 잘 때조차 벗어 놓지 못해서, 쉬어도 쉰 것 같지 않고 자면서도 생각한 것 같은 나날들이 있었다. 몸과 마음의 스위치를 스스로 껐다 켜지 못하는 병에 걸린 시간들. 번아웃.

20년 동안 '일'은 할수록 조금씩 늘었다. 즐기기도 했고, 부족함을 알고 배우며 노력하기도 했다. '쉬는 것'도 그렇게 해야 했는데, 그걸 간과했더니 일을 할수록 몸과 마음에 피로가 납처럼 쌓여 갔다. 일하는 것도 힘든데 쉬는 것까지 신경 쓸 정성이 없었다.

여행을 가면 '난 이게 쉬는 거야' 했는데, 생각해 보면 한 번도 일에서 완전히 벗어난 여행이 없었다. 수업, 세미나, 연수, 강의, 시장 조사 등등 일과 관련한 라벨을 떼지 못했다. 일 라벨을 붙여서 간 여행에서도 틈틈이 걸어야 했고 걷고 먹고 놀아야 했다. 일도 하고 여행도 해야 하다 보니 여행을 다녀오면 피로가 땅에 더 길게 끌렸다. 두 마리 토끼를 잡아야 하는 건 자영업자의 숙명이라고 생각했다. 방전된 몸과 마음을 바라보고 있으니 새삼스럽게 미련한 것 같고 또 가엾다. 한량 기질을 가진 내가 어쩌다가 쉬지 못하는 병에 걸린 걸까.

초콜릿을 둘러싼 나의 일은 아직도 꽤나 재밌으니 됐고! 앞으로는 쉬고 노는 것에도 정성을 다하려고 한다. 일하면서도 틈틈이 스트레칭을 하고 식사 잘 챙겨 먹고, 틈새에 숨은 여유를 찾아 쉬고 놀 것이다. 달력에 선을 딱 그어 두고 나의 한량 기질을 제법 만족시킬 만한 휴식기를 가질 것이다. 휴식기에는 '자고 먹고 싸고'에 더욱 집중하며 내가 좋아하는 것만 할 것이다. 걷기, 먹기, 노닐기, 그림 그리기, 일기 쓰기, 아무것도 안 하기…. 뭐 그런 거.

사랑은 언제 하냐고요? 그건…
숨 쉬듯이 하는 거죠. '쇼콜라티에의 사랑'은 다음 기회에!

ROUTE 18

2021.05.03

곤을동 4.3마을

마을 주민 전체가

수장되고 마을이 불타

터만 남은 마을

잠시 발걸음 멈추고

기도 비슷한걸 한거같다.

황망하고 억울함을 어찌할까

누가 악인이고 죄인인가

제주도의 검고 구멍 숭숭한 돌들이

깊고깊게 간직한 슬픈공기.

18코스 19.8km

관덕정분식 → 사라봉

→ 별도연대 →

삼양해수욕장

→ 검은모래해변

→ 신촌포구

→ 연북정

타피오카

녹차시럽

한라산 빙수

2021.05.04. ROUTE 19. 19.4km

조천만세동산~관곶~서우봉 – 북촌~동복리~김녕서포구

비바람 맞으며 걷는 로망을 이룬날.

곶자왈에 들어서며 기대가 높아졌으나

무시무시한 풍력발전기 돌아가는 소리와

돌아가는 날개 때문에 다 망했다.

어두운 비오는 곶자왈이 혼자걷기 무섭다고들

하는데 숲을 뚫고 나타나는 날개와

휘잉휘잉 끊임없는 굉음이 더 무섭다.

곶자왈에
풍력발전기
왜 ????

효율은 미비하다는
이거 설치하고
돈번놈 누구?

이건
호러다!
너무
무서워
아우쒸

**21. 5. 4**

**곶자왈 풍력 발전기**

ROUTE 20

김녕 ← 월정리 ← 행원포구 ← 좌가연대
← 세화오일장 ← 해녀박물관

2020.05.05

　새로 투입된 김동무 선생님이 "세화오일장이
열리는 날이지만 시간이 없으니 지나갑니다."
"네에에???? 우리 시간 많아요!"(시간이 없다니요
걸으러 온 사람들인데...) 결국 내가 제일
좋아하는 오일장에 들어서니 너무 흥분
시골장마다 느낌이 다르다. 같은 분들이
장마다 돌기도 하지만 그래도 풍경이
다르다. 기분이 좋아서 빙떡을 사서 나눠먹었다.
길을 떠나야 하니 아쉬움이 컸다. 혼자였다면
이 동네서 온종일 놀텐데.
　20 코스는 바람에 붙이 모래흙이라~
　　　　　　　날린 모래로
당근, 감자 작물이 많다. 예전에는
척박하고 가난한 동쪽 지역이 이제
당근과 관광객으로 해변마다 카페와
사람이 붐빈다.

특히 월정리 해변가는 해안도로 넘어가
안보일 정도로 카페+병풍이다.

원래 있던 마을의 집들은 살기 힘들어지고
한껏 오른 땅값에 마을사람들 기대치는 솟아
있다고 북촌 사는 은영쒜프가 말했다.

은영쒜프가 걷는 중간 만나서 김녕해수욕장까지
함께 걸었다. 해녀박물관도 재밌었는데
특히 제주음식 모형을 잘 만들어놓아서
기뻤다. 난 역시 먹을거에 진심이다.
해녀박물관에서 친구한테 귀여운 해녀인형을
뽑뜯겼다.

호텔방 침대 머리맡에
걸어두고 좋아하는
모습을 보니 사기전에
'이거 꼭 필요한 지
다시 생각해봐.'
라는 말 안하고
참은거 잘했다.

꼰대 짓 할뻔했어 히휴~ 조심조심
        제주어로 오고생이 ✓

069

해녀박물관에 해녀들이 채취했다는
바닷속 것들

뿔붉은잎

우뭇가사리

굴

오분자기

놈어

조개

톳

갈치

방어

해삼

놀래기

오징어

참돔

미역

문어

구젱기(소라)

전복

2021.05.06.

오늘도 걷기를 빼먹고 쑥뜸치료를 받았다.
21코스 출발지 해녀박물관까지 팀과
함께 도착해서 나는 북촌으로 가는
버스를 타고 은영쉐프의 집으로 갔다.
바닷가 도로를 따라 동쪽에서
북서로 이동하며 며칠걸었던 구간을
버스로 거슬러 가니 동네주민 된거같다.
친근한느낌.

　은영쉐프의 집 '코삿헌'을 들어서니
주인처럼 이름처럼 참 코삿하다. (편안.안락)
마당에서 보석보다 아름다운 산딸기를
따 먹고 그 은은하고 섬세한 맛에…
으음! 음? 으으음!!! 오감이 살아난다.
60년된 제주옛집을 아주 잘 살려서
고친 원장을 칭찬한다. 소박하지만
경박하지 않은 그녀가 볼수록 아름답다.

이제 6코스가 남았다.
정말 놀랍다. 벌써 ¾을 걸었다니.
더욱 놀라운건 뱃살이 늘었다는 것이다

2021.05.07
JEJU OLLE ROUTE 01

종달리 마을에
양조장, 빵집, 책방, 카페 등
아기자기한 매장들이
통영 봉숫골을 떠오르게 한다.

시흥초등학교 → 말미오름 → 알오름 → 종달리 → 시흥 →
성산갑문 입구 → 수마포 → 광치기해변

* 이안채 독채숙소 관심

어버이날 나를 빼고
오빠랑 동생이 부모님과
모였다. 영상통화로
그자리에 있는 것처럼
즐거웠다 서울이라면 일하다
달려가느라 늘 힘겹게 의(무감에서
했을텐데 몸과 마음이 여유로워지니
축하하고 고마움을 전하는 일에 의무감보다
즐거움이 앞선다.
성산 일출봉 앞에서는 아이들과도
통화를 했다. 모두 보고 싶지만 돌아가기 싫다
가는 비행기표를 울며 예매했다. :
휴가 반납하는 이 기분, 엉엉

21. 5. 7
종달리에서의 다정한 한때

광치기해변 - 식산봉
- 제주동마트 - 대수산봉
- 혼인지 - 온평포구

RROUTE 2
2021.05.08
노랑부리저어새

철새 보금자리 물가에서  산으로 마을로
바다로 지루할틈 없었다.
미세먼지도 바람과 함께하니 견딜만 했다.
광활한 무(놈삐)밭에 꽃이 핀 장관을
만난것도 큰 선물이였다. 관광 온 아주머니들
처럼 꽃사이로 막 들어가서  이쁜 사진들을
찍어댔다. 꽃은 아줌마들을  사진 찍게한다.
'오조리' 마을이 특히 마음에 남는다.
빌레(너른 화산돌)와 낮은 물과 바다까지
평화롭게 이어진 물길이 물무서워하는 나도
수영하고 싶다고 느끼게 만든다.
이동네 산다면 물에 뛰어들어 둥둥 누워있다
빌레에서 누워 몸을 말리리라.
와사보생(누우면 죽고 걸으면 산다)를 강조하던
길동무(안내인) 아저씨 말대로면 누운모습만
상상하는 난…

21. 5. 8

물회와 무꽃

073

하튼 오늘의 하이라이트는 점심에 먹은
물회와 무밭과 논 것이다.

　매일 백반만 먹다 제주스런 된장 푼
신선한 전복, 소라, 성게통 푸짐히 들어간
물회 먹으니 이거 정한 오늘의 인솔자님 박수!
무밭이 엄청 넓은데 수확도 못한 농부마음과
드넓은 무밭의 아름다움이 막 뒤엉켜버렸다.
한가지로만 이루어진 건 없는건가?
　나쁜것 없는 즐기만 한 건 정녕 없는 건가
에잇 일단 좋은 것만 취하겠다.

과일이 잔뜩
있을때
나는 가장
싱싱한 거부터
먹는다고

엑스허즈가
비난했었던게
생각난다.

첫! 그래야
내일도 그중
제일 싱싱한거 먹지. 흥- 메롱

"

한 가지로만 이루어진 건 없는 건가?

나쁜 것 없이 좋기만 한 건 정녕 없는 것일까?

"

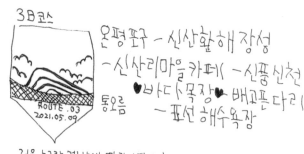

3B코스

온평포구 - 신산환해장성
- 신산리마을카페( - 신풍신천
♥바다목장♥ 배고픈 다리
통오름
- 표선 해수욕장

ROUTE .03
2021.05.09

길을 누구랑 걷느냐에 따라 느낌이 확 달라진다.
오늘 통일된 두명의 길동무들이 발걸음 걸음마다 다 설명하고 먼저 얻은 감동을
열정적으로 전달하시는 바람에 초반 길이 잘 생각이 안난다.
모두들 친절하게 리액션 해주니 더욱 신나신듯 하다. 대부분 사람들은
참 사회성이 좋구나. 대충 듣다가 옆에서 이탈하니 길이 더 잘 보인다.
서명숙이사님이 깜짝 등장하셔서 함께 걸었는데 급하하지게 그녀의
이야기는 귀를 솔깃하게 하더다.
바다목장 중간에 앉아 쉬는동안 개인 사유지인 바다와 맞닿은
드넓버른 목초지를 제주올레나 길을 허락 받은 사연 듣는게 좋았다.
신산리 마을카페에서 신산리에서 나는 녹차로 만든 아이스크림
먹는게 코스에 있었는데 서이사장이 나를 마을카페 창립에
일등공신이라고 추켜주어서 당황했다.
신산리마을카페의 성장은 제주올레의 올바르고 일갈하는 추진력과
마을사람들의 개방과 협동이 만든 보기 드문 작품이다.
나는 거기에 맛있는 녹차를 돋보이게 레서피를 만들고
마을분들에게 이 아이스크림이 왜 다르고 가치가 있는지
귀에 못이 박히게 알려드렸을 뿐이다. 고생해서 배움
계속 유지하기 힘들텐데 아직 품질이 유지되니 신산리마을 대단하다.
훌륭한 사람들은 공을 남한테 돌리는거 같다.
제주올레 여자들은 정말 멋지다.

표선 해비치해변

썰물을 만나
가장 넓은 백사장을 맨발로 푹푹
철퍽철퍽 꽤 오래 걸었다.
어린아이 같은 즐거움이 생긴다

남원포구 — *큰엉입구
*위미동백나무 군락지
— 조배머들코지 — 예촌망
— 쇠소깍다리

" 무주항 ' 보리수제비 먹으러 다시갈꺼다
" 넙빌레 게스트하우스 " 도 관심목록
" 금호리조트 " 어른들 모시고 가기 좋을듯

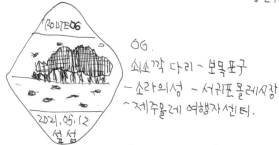

섭섬

06.
쇠소깍 다리 — 보목포구
— 소라의성 — 서귀포 올레시장
— 제주올레 여행자센터.

24일전 제주올레 여행자센터에서 출발해서
(4월 19일 )
                                큰소무터

오늘 5월 12일 6코스를 거쳐 다시 여행자센터에
도착 본섬을 서쪽으로 시작해서 한바퀴 돌았다.

**21. 5. 10**

**마침내 올레 한 바퀴 완주**

처음 모였던 그 자리에 모여 각자 소감을
말하는데 생각지도 않게 눈물들을 쏟았다.
걷는 중에 카페에서 쉴때 다들 감동적인
소감을 적었다는데 나는 그런거 준비하라는 지도
모르고 멍때리고 좋았다.

긴 여정 함께 해준 친구 세실이 핸드폰 메모를
보며 떨리는 음성으로 발표한 내용이 너무 좋아서
모든 소감 대신 여기에 남긴다

"앞으로 살아낼 삶이 올레길을 걷는 듯 하였으면...
어디로 가야할지 모를때 방향 간세가 알려주듯...
가고 있는 길이 맞는지 불안할 때 올레리본이
나부껴 주듯...

꽃길만을 바라지 말자
험한 길을 어느정도 걸으면
곧 숲길에서 쉬어갈 수 있으니 ... " 이 세실

난 지금 내가 앉아 일기를 쓰는 이 순간
창문에서 불어오는 시원한 바람 파도소리
문섬, 새섬 모습, 내일도 걷고 싶어서 설레는
마음 모두 참 좋다. 특히 친구랑 함께여서
좋다. 정말 행복하다.

"

꽃길만을 바라지 말자.

험한 길을 어느 정도 걸으면

곧 숲길에서 쉬어갈 수 있으니…

"

2021.05.14

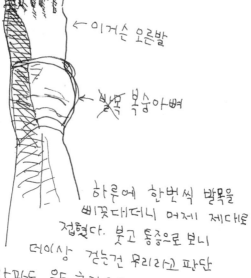

← 이거슨 오른발

← 복숭아뼈

하루에 한번씩 발목을
삐끗대더니 어제 제대로
접혔다. 붓고 통증으로 보니
더이상 걷는건 무리라고 판단

가파도 우도 추자도몰래 다 취소하고
절뚝거리며 서울로 돌아왔다.
24일동안 잘걷고 어제 다쳐서 다행이다.
아픈손 안써서 낫겠다더니 깁스 한개 추가요.
그래도 참 재밌었다. 세포들이 조금씩

즐거움으로 차오르는게 느껴진 여행이었다.
현실 도피가 아니라 더 즐거운 현실로의
여행.

잃은것보다 얻은 즐거움이 크다

## 한 달 동안의
## 제주 올레 걷기를 마치고

제주 올레 26코스 425km를 완주하지 못했다. 아픈 손 치료를
하러 가느라 빼먹은 날도 있었고, 편두통으로 못 일어나 가지
못한 날도 있었다. 발을 심하게 삐어 절뚝거리며 걷다가 결국
여섯 구간을 남기고 서울로 돌아와야만 했다. 하지만 제주 올
레 패스포트에 완주한 구간 동그라미 치는 재미가 쏠쏠했다.
못 걸은 구간이 아쉽기는 했지만 걷는 게 숙제도 아니고, 완주
가 목표도 아니어서 그다지 속상하지는 않았다.

제주에 사는 사람, 제주를 걷는 사람, 제주를 품은 자연이 함께
관계를 맺으며 변화하니 매번 같은 길일 수 없을 거라는 걸 알
아서일까. 어쩔 수 없이 못 걸은 구간을 남기고 떠나는 마음은
'빨리 다시 와야지'라는 기대를 남겼다.

걷는 걸 좋아했지만 하루에 20km 전후를 걷는 일이 처음에는 쉽지 않았다. 무거운 다리를 끌며 '내가 왜 사서 고생일까' 잠깐씩 의심도 했다. 뒤처지는 나의 속도가 혹시 동행에게 민폐는 아닐까 신경도 쓰였다. 피할 수 없는 단체 행동이 짜증스럽게 느껴질 때도 있었다. 황홀한 풍광도, 지루한 구간도, 오르기 고된 산길도 모두 길 위에 존재하고 있었다. 그곳에는 아름다운 것만 있는 게 아니라 그저 '다' 있었다. 내 마음도 그랬다.

하루 이틀 시간이 지나고 놀멍쉬멍 걷자고 만든 만만한 길도 꼬박꼬박 반복해서 걷다 보니 다리에 근육이 붙기 시작했다. 발걸음이 점점 가벼워지고 콧노래가 절로 났다. 시원한 바람에도 진심으로 감탄하게 됐고, 사소한 것들의 아름다움이 더 많이 더 자세히 보였다. 마음의 근육도 함께 자라는 느낌이 들었다. 반복은 얼마나 힘이 센지를 다시 한번 느꼈다. 남에게는 친절하고, 남은 잘 챙기는 편이면서 자신에게는 소홀하고 불친절했던 나와 여러 번 마주쳤다. 하지만 스스로를 보살피는 방법을 길에서 배웠으니 됐다. 나는 나와 화해했다. '이제부터라도 잘하자.'

불규칙하던 내 배꼽시계는 신기하게도 하루 세끼 시간 맞춰 꼬

르륵 울렸다. 규칙적인 식사가 속을 편하게 해 준다는 것을 경험했다. 세끼 밥은 위대했다. 잘 먹으니 잘 싸고, 잘 걸으니 잘 잤다. 길 위에 친구가 있어서 더 좋았다. 행복했다.

백년 대운으로 길을 만드는 서명숙 님과 제주 올레에 백 마디로도 감사를 전하기에 부족해 월정액 후원으로 대신한다. 후원 없는 사랑은 사랑이 아니었음을~.

왼손으로 한달

그동안 오른손이
아직 그대로이다.

그새 왼손 글씨(와
훨씬 익숙해졌구나)다. 오른
엄지 손가락 하나 고장났
을 저대로 못하니 서툰
못한다. 아무리 그래도 오른손이
만큼 왼손이 달 수 없다. 갈아서 기
매우 의기소침하다, 오른손잡이 기
자가 손을 못쓴다니... 처음부터
다시 할까

**21. 6. 3**

**왼손으로 한 달 일기를 썼다**

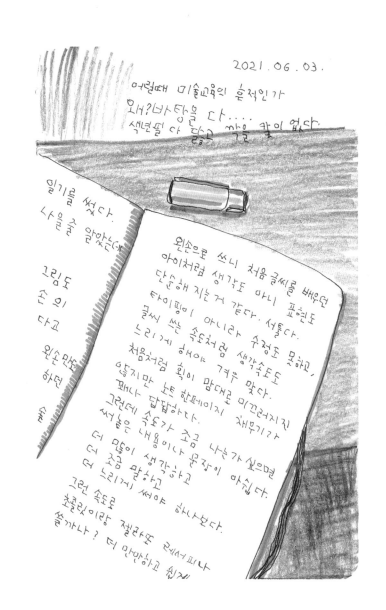

2021. 06. 03.

어릴때 미술교육의 흔적인가
오래?바탕을 다.....
색연필 다 담을 까근 칼이 없다.

일기를 썼다.
나올줄 알았는데...

그림도
쓰의
다고

왼손만
하면

왼손으로 쓰니 처음 글씨를 배우는
아이처럼 생각도 아니 표현도
단순해 지는거 같다. 서툴다.
타이핑이 아니라 수정도 못하고,
글씨 쓰는 속도처럼 생각속도도
느리게 해야 겨우 맞다.
처음처럼 획이 맘대로 미끄러지진
않지만 눈 한페이지 채우기가
꽤나 답답하다.
그런데 속도가 조금 나는가 싶으면
써놓은 내용이나 문장이 마심다.
더 많이 생각하고
더 조금 말하고
더 느리게 써야 하나보다.
그런 속도로
초콜릿이랑 젤라또 레쓰삐나
말까나? 더 맛맛하고 쉽게

**왼손 일기 2개월째**

085

3
.

부드럽고 달콤한
왼손 레시피

# 루바브 Rhubarb

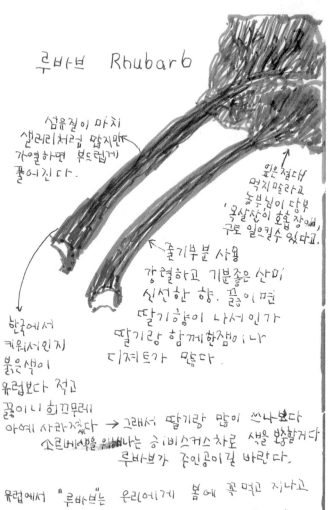

섬유질이 마치
셀러리처럼 많지만
가열하면 부드럽게
풀어진다.

잎은 절대
먹지 말라고
농부님이 당부
'옥살산이 호흡장애,
구토 일으킬 수 있다고.

← 줄기부분 사용

강렬하고 기분좋은 산미
신선한 향. 끓이면
딸기향이 나서인가
딸기랑 함께한 잼이나
디저트가 많다.

한국에서
키워서인지
붉은색이
유럽보다 적고
끓이니 희끄무레
아예 사라졌다 → 그래서 딸기랑 많이 쓰나보다
소린색을 위해나는 히비스커스차로 색을 받을거다
루바브가 주인공이길 바란다.

유럽에서 "루바브"는 우리에게 봄에 꼭 먹고 지나고
싶은 쑥국, 냉이된장찌개, 두릅, 가죽나무순....
같은 뭐 그런 거 아닐까.

21. 6. 5

**새콤달콤 맛있는 루바브를 아시나요?**

지지난 주 가루하루 윤은영 쉐프와 방문한
 강원도 인제 루바브농장. 서울과 기온차가 커서
추웠고 한국에서도 쑥쑥 크고 있는 루바브를 보니 신기했다.
4,5,6월 제철이라 유럽 쉐프들 인스타가 루바브로
울긋불긋하다. 택배로 받은 루바브를 냉장고에
모셔놓고 이탈리아 알렉산드로 쉐프와 벨기에 친구
애진에게 루바브에 대해 물었다.
 레서피가 궁금하기 보다는 그들에게 루바브가
어떤 존재? 느낌? 인지 알고 싶었다.
 내게도 새로운 재료이니 어떻게 다루는게 좋을지
찾아보고 뜸을 들였다. 물론 그 멋있는 맛은 알고 있으니
더욱 신중하게 시도하고 싶었다.
 '그분'이 오시기 전에 움직이다가 귀한 재료를
낭비하고 싶지 않았지만, 맛있게 파이를 만들거 같은
분에게는 푹 덜어드렸다.
 드디어 젤라또 레서피를 설계해서 어제
루바브소르베를 직원이 만들었고 나는 어제
쉬는날이라 맛을 못봐서 안달이 났다.
 업무카톡방에 직원들 테이스팅노트 올리라고 닥달(징징)
을 하니 '새콤달콤 맛있다' '연분홍 치마색'(?) 호감
 얼색이란 " 나 '젤천' 인가?" 기대하고 오늘
출근 하자마자 시식했는데 . . . . 젤라또천재는 무슨 .
다시 해야지.
평화나무농장 농부님이 흐루룩 끓여주시던 루바브잼 처럼
 그런 감동적인 임팩트가 없어. 2021.06.05

루바브 잼
Rhubarb jam

루바브

레몬즙
20g

바닐라빈 1/2

(샐러드마스

루바브 농가에서
문자가 왔다.
이번 루바브가 유난히
색이 고와서 외외고
좋은 루바브를 소개하고 싶다고
기온이 높아지면 보통 붉은색이
없어지는데 3년동안 이렇게
예쁜 루바브는 처음이라는
흥분과 애정 가득한 문자.
농산물은 타이밍이다!
루바브는 6월까지가 적기!
3년생을 봄에 꽃대 채취하고
새로 나는게 색과 맛 식감 최고라니
당장 주문하비!!! 오래 보관해야 하니
젤라또 레시피 급 수정해서
루바브 퓨레가 아닌 잼으로 만들어 사용하기로함.
2021. 06. 08.

* 잼 **Jam** 이란 ?
  과일에 설탕 섞어 끓인
  오래 보관하기 위한 식품

줄기
800g

설탕 200g

히비스커스 꽃차 2g
(말린거)

(탕)전기쿠커에 160도 끓으면
65℃로 15분 정도 익힌다. → 샬마 냄비 품질 짱!
< 몽글몽글 과육이 살아있게 >

젤라또 한번 만들 만큼씩 소분 포장해서
냉동실에 착착 (우리 먹을거는 병에 담아)

* 퓨레 **Puree** 는
  과일이나 야채를 으깨지나 갈아서 부드럽게 한것.
* 처트니 **chutney** 는 ?
  과일, 야채, 향신료, 식초 이것저것
  섞어서 만든 식품. 주로 고기, 치즈랑 곁들임

Rhubarb Sorbet

21. 6. 10

기분 좋은 맛은 건강에 이롭다

2021. 6. 10

오늘부터 루바브소르베를 판매하기 시작했다.
루바브 자체의 탄수화물 성분때문인지
펙틴? 때문인지 스스로 묵처럼 몽글몽글 해지니
소르베이면서도 따듯한 성격이다.

잼으로 졸여서 엄마도 한병 갖다드렸다.
생전 처음 드시는 맛이겠지만

한숟가락 푹 떠서 드시면 상콤한
새콤달콤 맛에 기분이 조금이라도 좋아지길
바란다. 80세가 넘고 코로나시기 겪으며
온갖 쇠약함을 드러내며 우울해 지셨다.
특히 불면, 이명, 통증에 고통이 큰거 같다.
루바브에 칼슘이 많아서 이명에 좋다는
말을 듣고 엄마한테 전화했다.
"엄마, 내가 준 그 새콤한 잼 있지?
그거 이명에 좋대 많이 드셔. 칼슘이 많아..."
"어. 그거. 다 먹었는데? 뭔데 그리
기분 좋게 새콤달콤하냐."
"어... 또 갖다 줄께!"
그럼 됐다. 영양보다 맛이다.
기분 좋은 맛은 건강에 이롭다.

093

다음 그림 중 카카오봄의
민초 mint chocolate 젤라또를
그린것은 어느것일까요?

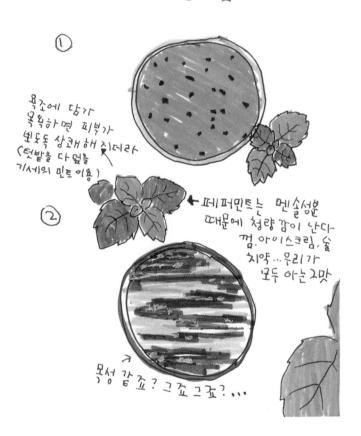

① 욕조에 담가
목욕하면 피부가
빤도독 상쾌해지더라
(텃밭을 다덮을
기세의 민트이용)

② ← 페퍼민트는 멘솔성분
때문에 청량감이 난다
껌.아이스크림,술
치약…우리가
모두 아는 그맛

목성 같죠? 그죠그죠? …

민트는 만만하게 키우는 허브다.

나처럼 식물 이쁜줄만 알고 못키우는 사람도
민트번식력 덕분에 매년 다시 본다.
스스로 잘자라니 맘에든다. 강한녀석!

민트초코 아이스크림 매니아가 있다길래 (울직원)
만들어 봤다. 민트티를 우유와 생크림에
우려서 반죽을 만들고 다크초콜릿에도
민트맛을 내서 가나쉬 크림 만들어서
젤라또 사이사이 펼쳤다 (스프레딩 기법)
민트 청량감 사이로 초콜릿이 쫀득하다
여름맛이다.

민초단 (민트초코매니아) 직원이 자신이
즐겨먹던 브랜드의 민초아이스크림을 사와서
비교시식을 하더니 깜짝 놀라며 사온걸
내팽겨쳤다. (먹을거 버리면 벌받는다.)
우리거,민트색이 안나고 너무 맛나서 놀랐다고.
자세히 보면 아주아주 옅게 민트색이 ...
착한사람 눈에 보인다.
"목성에서 민트색 찾기"

녹차 젤라또를 만들려고 기존 녹차가루를
꺼냈다. 좀더 레서피를 개선하고 싶은
열정이 솟았다.(거봐거봐 제주올레 한달
걷기가 죽어가던 열정도 살린다니까)
젠제로 사장님에게 전화해서 재료정보를
나누고 샘플도 받아서 테스트를 했다.
  일단 같은 녹차 같은 레서피로
① 기본반죽 끓여 식힌후 녹차가루 섞기
② 모든 재료에 녹차가루 다 넣고 끓여 식히기
방법을 달리하는 테스트.
가열을 최소화한 녹차가 색이 더 선명하다.
나머지 ③④ 녹차는 ①번 방식으로
같은 레서피로 만들어서  ①.③.④ 번(모두다른종류)
맛 차이를 테이스팅 했다.

제주A농원
차광재배
안 끓임

제주 A
차광재배
끓임

테이스팅 할 때는
가능한 많은 사람, 다양한 연령대, 취향의
사람에게 먹여본다.

의견을 모으기도 전부터 내 마음 속엔 '이거네!'
라는 느낌이 강하지만 꼭 참고 받은 하트를
편견없이 모은다.

물론 젠제로 사장님같은 훌륭한 전문가와도
은밀히 속내를 교환한다.

나의 속내는 ①번이였는데 ③이 하트를 가장
많이 받았다. 아! 나는 은은하고 부드러운
①번이 좋은데.. 잠시 망설였지만
사람들이 왜 ③을 좋아하는지도 너무 잘
이해해봐서 ③의 녹차가루로 바꾸기로 결정!
친구 딸(녹차 아이스크림 덕후)이 자기 인생 17년(?!)
동안 최고의 '녹·아'라고 했다니 내 취향은 양보!
진하고, 녹차다운 녹차로 결정했다.

나는 레서피보다 내 취향보다 고객의 만족이 우선이야
어? 말야!

제주B농원
차광재배
안끓임

③

제주 B농원
다른품종
차광재배
안끓임

④

↑
(쓴맛·떫은맛 너무 강함)
2021.06.13

〈문제1〉다음 중 고급초콜릿에 들어있지

않은 성분을 고르시오 . ( 정답 3 개 )

☐ 코코아 버터

☐ 식물성 경화유지

☐ 코코아 매스 또는 파우더

☐ 합성착향료

☐ 설탕

☐ 분유

☐ 식용색소

# 나만의 Chocolat Chaud 레서피)

( 쇼콜라쇼 ✦ 핫초콜릿 ✦ 코코아 )

✦우유
240g

✦커버춰
60g

우유가 미지근
할때 초코넣어요

초코조각 다
녹을때까지
골고루 저어요
계속 !!!

거품도 많이 생기면
아주 좋아요 .

시너면

김이 모락모락 나면
붉거요 . 달면 우유 더 넣고
쓰면 설탕 넣어요 .

Rom

✦ 내 기호에 맞게 즐겨요 .✦

# 초간단 Chocolate Jam 레서피

**200 g**       **200 g**

생크림 "꼭" 유크림100% **=** 커버춰 초콜릿 "꼭"

No.! 식물성 경화유지

〈생크림 끓으면 나머지 다 넣고 녹이면 끝!〉

원하는 만큼        원하는 만큼

버터 "꼭"        땅콩버터 옵션

동물성(우유)버터

**초간단 초콜릿 잼**

# 천사의
# 초콜릿 잼

벨기에 호텔 학교의 초콜릿 과정에서 처음 이 레시피를 배웠을 때 정말 뿌듯했다. 생크림 끓여서 초콜릿 녹이고 버터, 견과류 페이스트 넣고 섞어서 병에 담으면 끝! 만드는데 정말 5분! 어려운 템퍼링 기술도 필요 없고, 과정도 너무 쉽다. 실생활에서 정말 잘 써먹을 수 있는 레시피다.

유치원과 학교에 가는 두 아이는 날마다 초콜릿이나 잼 바른 빵 한 쪽, 과일 한 개를 포장지 곁에 이름을 써서 간식거리로 챙겨 갔다. 교실 입구에 놓인 바구니에 간식을 넣어 두었다가 빵은 오전에, 과일은 오후 3시쯤 식사 시간 중간에 먹는다.

벨기에의 슈퍼마켓에 가면 한쪽 선반이 모두 빵에 바르는 초콜릿 스프레드 종류로 가득하다. 초콜릿 스프레드는 벨기에 일상에서 빼놓을 수 없는 필수 식품이다. 우리나라에는 '악마의 잼'이라는 '누텔라'가 잘 알려져 있지만, 벨기에서는 집집마다 선호하는 제품이 다르다. 그래서 남의 집에 방문하게 되면 새로운 제품을 맛보며 서로 품평을 나누기도 한다. 그러고 보니 벨기에서 초콜릿 잼 없는 집을 못 봤다.

초콜릿 잼을 내 손으로 직접 만들어 먹어 보니, 놀랍게도 그동안 먹던 양산 제품에 시큰둥해졌다. 내 손으로 만든 게 맛이 더 좋으니 자신감도 생겼고 틈만 나면 만들게 됐다. 예쁜 병에 담아 뚜껑에 천도 씌우고 라벨도 붙여 벨기에 친구들에게 선물했는데, 친구들은 깜짝 놀라며 말했다. "슈퍼에 널렸는데, 그리고 이걸 한국 사람이 집에서 직접 만들었다고?"

하지만 나의 레시피에는 두 가지 문제가 있었다. 첫 번째는 마트에서 파는 초콜릿 스프레드는 냉장고에서 막 꺼내어 바로 빵에 발라도 부드럽게 잘 발라지는데, 내가 만든 건 바르기가 힘들었다. 숟가락에 묻은 걸 먹으면 천사의 맛인데 말이다. 이 문제는 생크림 비율을 높이면 조금 개선되긴 하지만 상온에 두면 수분이 많이 생겨 또 금세 곰팡이가 생겼다. 이것이 두 번째 문제였다. 이 문제를 해결하기 위해 양산 제품의 원재료명을 자세히 보기 시작했다. 내가 쓰는 재료에 비해 이런저런 첨가물이 무척 많이 들어 있기도 했지만, 잘 바를 수 있는 차이를 만드는 것은 바로 식물성 기름 첨가 유무였다.

수제 초콜릿을 만드는 초콜릿(커버추어)은 카카오 버터가 주요 성분이다. 카카오 버터는 상온에서 딱딱한 고체다. 열을 가하면 액체가 되지만 식으면 다시 고체로 바뀐다. 고체 상태인 초콜릿을 입에 넣으면 사르르 녹는 것도 이 때문이다.

이런 점 때문에 커버추어로 스프레드를 만들면 맛은 천상의 맛이지만 잘 발라지지가 않는다. 생크림이 들어가니 보존 기간도 짧다. 이런 단점을 보완하기 위해 카카오 버터 대신 식물성 대용 유지를 사용하는 것이다. 그래서 냉장고에서도 굳지 않는다.

알고 나니 사 먹는 게 더 맛없다. 진짜 초콜릿(커버추어)으로 만든 나만의 초콜릿 잼은 냉장고에서 꺼내 상온에서 부드러워진 다음 바르거나, 아예 조그만 용기에 담아 상온에 두고 3~4일 안에 다 먹으면 된다. 하지만 너무 맛있어서 금방 다 먹게 되니 주의할 것!

# 벨기에 사람들의 솔 푸드

## 파넌쿡(Pannenkoek)

벨기에 사람들의 솔(Soul) 푸드(Food)는 '파넌쿡'(Pannenkoek)이다. 프랑스의 노르망디 지역에서 만들어 먹기 시작한 종이처럼 얇은 크레페(Crepe)다.

크레페는 메밀가루와 밀가루로 만드는 두 가지 종류가 있는데, 메밀 크레페는 주로 달걀, 치즈, 햄, 야채 등을 올려 먹는다. 묽은 메밀 반죽을 얇게 부쳐 무나물을 올려 돌돌 말아주는 제주도의 '빙떡'과 같은 타입이다(빙떡 너무 좋아요!).

벨기에 파넌쿡은 주로 밀가루로 만들어서 온갖 달콤한 토핑을 얹어 돌돌 말아 먹는다. 내가 제일 좋아하는 것은 파넌쿡 위에 버터와 갈색 설탕 또는 버터 설탕에 지진 사과를 얹어 칼바도스 술을 뿌려 먹는 것이다. 취향은 각자 달라서 저마다의 베스트 조합을 갖고 있다.

파넌쿡은 모여서 먹는 음식이다. 파넌쿡 수십 장을 쌓아 놓고 슈가 파우더, 원당, 꿀, 시럽, 잼, 조린 과일, 초콜릿 스프레드 등. 싱크대 선반에 있던 모든 달콤한 것들을 식탁에 늘어놓으면 바로 파넌쿡 파티!

한국 사람이 거의 없는 벨기에 겐트에서 우연히 한국 분을 만났다. "한국 사람?"이냐며 깜짝 놀라던 그분과 친구가 되어 벨기에 생활이 훨씬 든든했었다. 너무나 사랑스런 네 딸의 엄마인 현자 언니는 나와 내 아이들을 가족처럼 품어 주셨다. 우리 아이들까지 여섯 명의 아이들은 정말 지치지 않고 신나게 놀았고 그만큼 지치지 않고 먹어댔다. 6명의 아이가 모여 먹으면 이미 파티 분위기지만 파넌쿡을 굽는 날은 환호성이 더 특별하다. '이번엔 뭘 올려 먹을까' 하고 설레 하던 귀여운 모습들이 지금도 눈에 선한데, 벌써 네 아이 중 셋이 엄마가 되었다. 현자 언니는 요즘 손주들을 위해 파넌쿡을 굽는다고 한다.

〈벨기에 요리사 예룬(Jeroen)의 바닐라 파넌쿡 레시피〉

우유 500ml, 달걀 2개, 밀가루 200g, 버터 40g, 바닐라빈, 소금

〈벨기에 현자 언니 레시피〉

우유, 밀가루, 달걀, 시나몬 조금, 바닐라 설탕 조금, 소금 조금
언니는 한국 사람이라 그런지 반죽 보면서 감으로 양을 조절한
다. 나도 그런다.

동영상 보니 예룬은 깊은 용기에 재료를 다 넣고 핸드 블렌더
로 갈아 버린다. 단, 버터만 팬에 녹여서 넣는다. 아주 쉽다. 반
죽에 버터를 넣으면 팬에 따로 버터를 바르지 않아도 된다.

현자 언니는 버터를 넣지 않고 팬에 땅콩기름을 조금 바르고
굽는다. 칼로리 때문이라고 한다.

핸드 블렌더가 없으면 볼에 거품기로 달걀을 풀고 녹인 버터와
설탕, 시나몬, 소금을 섞고 밀가루를 넣은 후 우유를 조금씩 부
으면서 가루가 다 풀리면 나머지 우유를 모두 넣으면 된다.

냉장고에서 반죽을 오래 숙성할수록 잘 구워진다. 최소 한 시

간 이상은 숙성할 것.

'파넌쿡 얇게 부치는 솜씨로 요리 솜씨 안다'는 말이 있는데, 신경 쓰지 않아도 된다. 굽다가 찢어지면 입으로 가져가면 되는데 뭘. 얇고 낭창낭창하고 보드라운 것이 그대로 먹어도 무한정 들어가는 맛이다. 시인 백석이 냉면의 맛을 "히수무레하고 부드럽고 수수하고 슴슴한" 맛이라고 했는데 그 맛의 벨기에 버전이랄까? 뜨거운 팬에 반죽을 부으면 바로 구멍이 송송 뚫리면서 가장자리가 프릴처럼 춤추면 얇게 잘 부치고 있다는 신호다.

얇은 밀가루 '부침개'랑 토핑 몇 가지만으로도 즐거운 파티가 된다.

아들이랑 한창 갈등이 심하던 시기.

"엄마는 내게 믿음이 없어"

"얌마, 믿게 해야 믿지"

"믿음은 보이지 않는걸 믿는거잖아"

" ······!! "

아이들이 나의 스승이다.

**믿는다는 것**

4

.

초콜릿을 만들려고
사장이 되었습니다

2011년, 젤라또 배우러
이탈리아로 떠나던 날
너무 생생하다.
온갖 일로 동동거리다가
비행기에 탄 순간부터 ㅡ
밀라노가 로마에서 갈아타고
남쪽 Lamezia Terme 공항에 한밤중
도착 택시타고 구두 중간 쏙 들어간
바닷가 호텔 도착까지 ㅡ계속
아팠다. 너무 늦어 바로
잤는데 악몽 꾸고 덜덜떨며 뭐에 홀린듯
일어나 테라스로 나갔는데
운동장 만한 벽돌 깔린
테라스 끝에는 부드러운 바람이
부는 지중해 바다였고 곧
해가 떠올랐다. 꿈인가 생신가?
힘든 여정과 악몽으로 홀린
식은땀이 식었다. 환대 받는 기분이였다. 따뜻했다.
새로운 기술을 배우기엔 늦은거 아닐까 하는
두려움과 애쓰는 고단함과 잡것들 다 사라지는
순간이였다.
더 대박은 그다음 부터다.

21. 6. 20

젤라또 안 배웠으면 어쩔 뻔했나

2021. 6. 20.

날이 점점 더워져서인지
용산이 점점 핫해지는지
젤라또가 많이 나가고
만들어대기 바쁘다.
한국여름이 너무 뜨거워서
초콜릿 판매가 어려우니 사계절
매출 균형 맞추려고
젤라또 배운건데
안배웠음 어쩔뻔했나.
온도.습도.열에 너무 민감한
초콜릿보다는 여름 장사에
훨씬 수월하다.
  매장앞 벤치에 앉아
젤라또를 먹는 행복한 모습만 봐도
마음이 살살 녹는다
( 매출 생각에 그런거 아님!)
  겨울엔 핫초코 잔 감싸고
호호불며 마시는 손님들이 또
그렇게 예뻐 !
  그냥 손님이 좋다. 좋아.고맙다.

113

# 갑자기 2011년
# 일기가 나오게 된 이유

:

젤라또 이야기를 일기에 쓰고 그리는 게 생각보다 재미있었다.
일단 시작하고 보니 이야기가 줄줄 나오는데, 왼손이 생각을
따라가지 못해 답답할 지경이었다.

그러다가 문득 십 년 전 내게 젤라또와 음식의 정신을 가르쳐
주고 나눠 주신 이탈리아의 스승이 생각났다. 그에게 배움을
청하고 만나러 가던 그 시간, 그때 내 온몸의 땀구멍 느낌까지
지금도 생생하게 기억한다. 십 년이 지난 지금도 젤라또에 대
해 이렇게 신나서 끝없이 조잘댈 수 있다니, 나는 그에게 대체
뭘 배워 온 걸까. 일기에 쓴 것처럼 써먹을 수 있는 제대로 된
레시피 한 장 건진 게 없는데도 말이다.

수료 전날, 스승님은 나에 대한 애정을 듬뿍 담아 내 이름을 한글로 정성껏 '그려' 주셨다. 삐뚤빼뚤한 그의 글씨에는 위트가 가득했다. 수료 전날 이것저것 한글로 어떻게 쓰냐고 물으시더니 말이다. 이탈리아 남쪽 끝에 가서 받아 온 수료증에 한글 이름이라니 하~.

오늘의 이야기와 십 년 전 이야기를 일기장 양쪽 면에 나란히 쓰고 보니, 나는 그때도 한 땀 한 땀 꼭꼭 눌러쓴 왼손 글씨처럼 서툴렀지만 그 장소와 시간에 대해서는 진심이었구나 싶어서 혼자 괜히 감동했다.

갑자기 이탈리아의 존(John)과 지금은 마이애미에서 활동하는 사브리나(Sabrina) 셰프가 그리워서 페이스북 메시지를 보냈는데 금방 반가운 답장이 왔다. 한국-이탈리아-마이애미의 우리가 서로 연결되어 삼각형의 별자리가 된 것 같다. 젤라또 별자리.

John & Chef Sabrina! Let's make great gelato together!

2011. 9.

지중해 일출세례를 받고
새사람 된 느낌으로
더듬더듬 수업장소를 찾았다.
호텔 연회장이 교실이었고
바다로 난 테라스가 멋졌다.
전세계에서 6명이 온다던 수업에
기다려도 아무도 안나타난다.
첫만남에 나이스투미츄 할까
글래드투미츄 할까 속으로 연습했는데
그때 사장은 기억나지 않고
하튼다 못오고 John 쉐프와
보조선생님 나 이렇게 일주일간
수업하고 먹고 마시고 아침마다
함께 장보고 ... 셋이서.

커다란 연회장에 나 혼자
덩그러니 앉아서 매일 세끼
쉐프의 Calabria 음식을 받아먹다니!
아침마다 시장 가서 장보고 나서
커피랑 젤라또랑 디져트, 과일
다 먹고! 6명의 수업료 내고 못왔다고 쉐프가 다 사주고!
젤라또 수업은? 더 대박이었다.

젤라또 스승님 얼굴
도저히...손 못대겠다

KI Master
Italian Culinary

2021. 6. 21

작명하시는 분이 내 이름을 듣고는
이름에 '복종심'이 없어서?
남 밑에 있지 못하고 지도자가
되거나 사장이 될 운이라고 했다.
내 기술을 펼치려면 이 나이에
취직은 힘들어서 장사를 한 줄
알았더니 '복종심'이 없어서였구나.ㅋㅋ
장사를 18년 했더니 나는 장사에
소질이 없다는 걸 알았다.
기술자와 가르치는 일만 하고
싶었는데, 기술이 소비자와
연결되어 있어야 가르치는 일도
현실에 기반을 둔다는 걸 믿기에
소질없는 장사에 더 비중을 둔다.

● John Nocita
Chef
Institute

그래봐야 손님입장에서 편하게
테이블 간격 맞추고, 설거지 우당
탕 하지말고, 시든 꽃 놔두지 말고
먼지 닦고 어쩌고 저쩌고
사소한 걸로 직원들 닦달하는게 사장노릇중 거의이다
그걸로 개명도 했다. '악덕(惡)'고용주 (이름)
        당

기술을 소비자와 연결시키는 것이 바로 장사!

## 나는
## 기술자입니다

 ·
 ·
 ·

2001년 처음으로 '쇼콜라티에'라는 직업을 가졌다.

그때까지만 해도 쇼콜라티에는 한국에서는 생소한 직업이었다. 잘난 척하기 딱 좋았다. 스스로를 '벨기에에서 수제 초콜릿 기술을 배웠고, 한입 크기의 프랄린을 만드는 초콜릿 전문가'라고 소개하면 뭔가 있어 보이지 않는가. 특히 마지막 '전문가'라는 말에 힘을 주었는데 이는 '기술자에만 머물지 않고 초콜릿 분야의 전문가가 되겠다'라는 스스로의 다짐이기도 했다.

당시 쇼콜라티에는 흔한 직업이 아니어서 주목도 많이 받았다. 생각보다 빨리 유명해지기도 했다. 내가 일을 시작했을 때 초반 십 년 정도는 수제 초콜릿을 만드는 업체가 거의 없을 때였다. 영업을 안 해도 대량 주문이 밀려들었다. 내가 만드는 초콜 릿 품질은 기존 시장에 나와 있는 초콜릿과는 품질이 달랐다. 입소문도 많이 나서 홍대 앞 매장도 그런대로 잘 되었다. TV에 도 곧잘 출연했고 강의도 많이 했다. 신문 잡지 등 매체와 인터 뷰도 많이 했다. 자칭 타칭 '전문가'라고 소개할 기회도 그만큼 많았다.

그때는 왜 전문가로 보이고 싶어 했던 것일까? 손에 지문이 닳 도록 일하며 내 손으로 먹고 살면서 나는 왜 '기술자' 대신 '전 문가'라는 단어로 기술자를 덮고 싶어 했을까?

내 기술의 의미는 무엇일까?

나는 뭐가 되고 싶은가?

자영업이라는 섬에 고립된 이 느낌 뭐지?

업계에 협업은 없고 협잡만 판치네?

기술을 가르쳐야 하는 직원에게 나는 스승인가 사장인가?

틀이 존재하는 과자에서 허용되는 카피는 어디까지일까?

기술자의 머리채를 쥐고 흔드는 소셜 미디어 파워에 아첨해야 살아남는가?

이런 대화를 나눌 선배 후배 동료는 어디에?

업력이 쌓일수록 늘어 가는 이런 수많은 고민은 기술 자체가 아니었다. 손은 척척 움직이는데 속은 점점 답답해졌다.

기술은 심플하다. 기술은 배우고 익혀서 내 것으로 만드는 것이다. 그러기 위해 좋은 스승을 찾아 배움을 청한다. 그 과정에서 기술을 배우고 돈과 시간과 노력으로 계속 업데이트한다. 대부분의 기술은 현장에서 저절로 배운다.

그런데 기술적인 문제 외의 다른 고민을 나눌 선배와 동료, 후배가 드물다는 것이 언제나 아쉬웠다. 다들 먹고 살기 바쁜 자영업자이기도 하고, 토론을 이어 갈 언어도 서로 부족했다. 속을 풀어놓고 이야기해도 한탄으로 끝나기가 일쑤였다.

그러나 뜻밖에도 내 업계가 아닌 전혀 다른 분야에 있는 분들과의 교류를 통해 내 질문에 대한 해답을 얻을 수 있었다. 그들과 수많은 막걸리병을 쓰러뜨리며 가슴 속에 들끓던 의문과 사회적(+사적) 고통을 함께 나누었다. 못 만날 땐 메신저로 만리장성을 쌓았다(그러고 보니 모이던 곳도 만리동 닭발집이군요).

우리끼리만 이럴 게 아니라며, 눈과 마음이 밝은 사회학 연구자 정은정 님의 기획으로 매장 오픈 전에 공부하는 자영업자들의 '주독야경' 모임을 시작했다. 페이스북에 공지해서 참가 신청을 받았다. 아침부터 20명 이상 빽빽하게 모여 앉아 강사님을 모시고 강의를 들었다. 우리가 알고, 또 모르는 언어를 사용하는 강사님의 강의에 눈을 반짝이며 듣고 질문했다. 때론 벅차서 울먹이기도 했다. 새벽까지 일을 하다 강의를 들으러 오신 사장님도 있었고 기차를 타고 먼 걸음을 한 분도 계셨다. 그들 대부분은 강의가 끝나면 자신의 업장으로 달려가야 하는 분들이었지만, 그 시간을 거치며 가슴에는 동병상련인지 연대감인지 모를 것들이 조금씩 쌓여 갔다.

2015년 11월 정은정 선생님의 강의를 시작으로 음식 고문헌 읽어 주는 고영, 지리학 박사 엄은희, 기업 제과 제빵 연구자 박종성, 사회건강연구소 정진주, 여성 농부 신지연, 요리사 박찬일, 사회학자 엄기호 선생 등의 강의가 이어졌고 그 반응도 뜨거웠다. 2018년 6월 강의를 일단락 지으며 곧 다시 이어 가자고 했지만, 매장 이전과 코로나가 터지면서 그러지 못하고 있다.

그 경험 이후로 나는 '전문가'인양 하는 허세를 슬슬 내려놓게 된 것 같다. 내가 원하는 내 일과 삶의 방향은 '기술자'라는 단어 안에 모두 들어 있다는 걸 알게 됐다. 나는 생각하는 손을 가진 기술자가 되고 싶으니까 "저는 초콜릿과 아이스크림 기술자입니다"라고 소개하면 되는 것이었다. 아니, "기술자의 길을 걷고 있습니다"라고 하는 게 맞는 것일까? 기술자는 완성이 아니라 방향이니까.

코로나를 비껴가는 방법으로 다시 작당 모의 한번 해 볼까?
만리동 닭발집 콜?

2011년 10월1일

일주일 젤라또를 배우고 ICI를 떠날때
우리는 훈훈하고 살짝 슬픈 포옹을 했다.
음식에 대한 열정과 우정까지 듬뿍
나눌터라 소울브라더? 랑 헤어지는 느낌.
정말 열심히 가르치고 배웠지만
내 가방속에 남은 건 달랑 얇은
교재 프린터 뭉하나!
젤라또 이론과 레서피 챠트 연습한거
몇장. 빈챠트 몇장.
가슴에는 너무 좋은 레서피를 담은거
같은데 실제로 받은 레서피는 없다.
chef John은, 이런걸 가르쳤다.
"좋은 젤라또란 좋은 재료로 단순하게
  그러나 과학적으로 조절하는 것이다"
"좋은 레서피는 과학적 원리를 이해하고
  원하는 방향으로 느낌으로 만드는 것"
처음부터 그의 레서피를 주지않았고
아무것도 모르는 내게 이렇게 물었다.
"영주 넌 어떤 젤라또를 만들고 싶어?"
그것을 챠트로 짜고 만들고 먹고 다시 만
들고 먹고 다른곳 꺼도 사먹고 또 먹고...
완성된 레서피 한장 없이 한국으로
돌아와서 막막했지만 그가 옳았다.
이제 내 맘대로 만들수 있으니 잘 배웠다.

젤라또 : 과학적 균형과 맛의 콜라보.

영양소 골고루

액체 탄수화물 지방 단백질 교체
                    락토스

들이 사이좋게
작은입자로
발란스 맞게
모여있으면서~

과학
↑
벌어지면 지는거야!
↓
감각
맛 이 좋아야 함

Q 여름철 이탈리아 사람들이 점심대신 젤라또를
   먹는 이유는?
Aaaah … 답 쓰기가 귀찮아아… 너무 쪼잔하게)
          영양소를 그렸더니 너무 피곤하다.
     나의 왼손에게 점점 가혹해지고 있어! 뭐뭐 –

# 레시피보다
# 더 중요한 것

°
°
°

고객을 위한 디저트를 만드는 작업 틈틈이 나와 직원을 위한
것도 만들어 먹고 또는 사 와서도 먹는다. 초콜릿이나 디저트
류뿐만 아니라 제철 식재료, 과일, 음식을 강박적으로 챙기는
편인데, 대부분 직원들과 나눠 먹는다. 오늘은 작업 들어가기
전 슬그머니 티라미수를 만들었다. 사랑스런 유민주 파티시에
의 유튜브에 소개된, 간단해 보이는 티라미수를 따라했다.

노른자에 슈가 파우더 섞어 놓고, 생크림 섞고, 마스카르포네
치즈 뜨면서 "우영아, 한 입 먹어 봐, 어때?" "어떤 게 맛있는
치즈인지 잘 모르겠어요. 먹어 본 적이 별로 없어서요." "맛의
느낌은 어때?" "생크림 같은 느낌인데, 이 브랜드에서 나온 생
크림과 비슷한 향이 나요." "오, 맞아. 그 성분이 들어 있어. 대단

하다."

모든 재료 다 섞고, "우영아 이거 먹어 봐. 아~." 레시피에는 없는 럼과 소금을 섞어서 "이거 다시 먹어 봐." "우와, 더 맛있어졌어요." 레이디핑거 쿠키 커피에 담그기 전에 "우영아, 이거 먹어 봐." "어? 이 과자 표면에 설탕이 있네요, 몰랐어요." (응, 그 과자 당도 생각해서 커피에 설탕 조절했어.)

제과 제빵 공부하다 일 시작한 지 2년 되어가는 우영이가 말했다. "친구들은 힘들게 배우거나 일한 적도 없는데 인스타에서 보면 다들 너무 잘 만드는 거예요. 창업도 하고 솔드아웃도 시키고… 처음엔 좀 부러웠는데 이제 하나도 안 부러워요. 겉모양보다 퀄리티가 중요하다는 걸 알았어요. 맛에 대한 경험이 다양할수록 더 맛있는 걸 만들 거 같아요." 오구오구 내 직원, (내가 강박적으로) 먹인 보람이 있다.

요즘은 이론이나 지루한 기초 과정 없이 레시피를 그대로 전수하는 베이킹 수업이 인기다. 소재나 디자인 등 트렌디한 메뉴의 레시피를 그대로 배워서 업장에 바로 적용하거나 다시 그대로 가르친다. 유행이 지날만 하면 다시 핫한 레시피를 가르치는 곳으로 몰려간다. 비싼 수업료는 그 레시피를 그대로 가르쳐서(팔아서) 금방 충당한다. 이런 방식이 기초 공부와 경험이 탄탄한 기술자에겐 합리적이고 유용할 수도 있다. 하지만 기초가 더 필요한 분들에겐 레시피 전수가 사상누각이 되지 않을까 노파심이 드는 것도 사실이다.

레시피를 얻는 것과 레시피를 이해하는 것은 다르다. 레시피를 이해하는 것은 곧 각 재료의 역할을 이해하는 것이다. 완성도 높은 레시피를 만드는 것도 중요하지만, 더 중요한 것은 완성도를 이루는 조합을 아는 것이다. 이는 재료에 대한 이해가 선행되어야 한다. 같은 레시피로 만들었지만 다른 결과가 나오는 이유는 재료에 대한 이해가 부족하기 때문인 경우가 많다.

레시피는 단순하지만, 그 레시피를 구성하는 재료의 세계는 생각보다 복잡하다. 여러 가지 변수가 작용할 수 있고, 이 변수를 감안해 레시피를 수정해야 하는 경우가 있는데, 원리를 알아야 수정할 수 있다. 수정하는 과정 역시 원리를 이해하는 기회이자 경험이다. 이해하면 더 잘 재현할 수 있고, 더 잘 재현하면 더 잘 응용할 수 있고, 더 잘 응용하면 더 발전된 나만의 레시피를 만들 수 있다. 그러니까 레시피를 '얻으려' 하지 말고 '이해하려' 할 것.

초코로 만든 것과 커피로 만든 것을 비교하며 포크가 바쁘게 움직이더니 어느새 접시가 싹싹 비었다. 맛이 괜찮다는 뜻이다. 그들의 기억 속에 '어느' 티라미수 맛 하나가 추가됐을 것이다. 내가 맛을 모르면 어찌 맛을 만들까. 레시피는 추구하는 맛을 향한 수많은 길 중 하나일 뿐이다.

이탈리아 젤라또를 아이스크림이라고
부르면 이탈리아 사람 화내요!

오두기햇빤 됐어.
안경 그리고
나라고 하고싶다

21. 7. 3
젤라또와 아이스크림은 다르다고요!

외국사람들이 우리 김치 보구 '기무치' '파오차이'
간장보구 '깅꼬망' 그러면 노노노 그러며
다르다고 버럭하는거랑 비슷하다.
그 버럭엔 다른면과 우월하다는 자부심도
포함된다. 종주국의 자부심.
아이스크림으로 불리우며 대량생산의 길을
가고 품질이 낮아지는 또는 다양해지는 법
아직도 좌석에서 만들어 판매하며 품질을
지키는 젤라또숍이 많은 이탈리아는
양산아이스크림이 젤라또와 이미지가
섞이는게 못마땅하다.
하지만! 이탈리아 젤라또가 다
훌륭한건 아니고 아이스크림이라 불리는게
다 젤라또만 못한게 아니다.
레서피에서 설탕량, 지방량 또는 오버런의
상대적 비교 그딴걸로 ○X 이분법 나빠!
장인이 만들던지장모 아니공장이 만들던지
맛있게 즐겁게 만들면 좋은 "얼음과자"다!
먹기

나의 운동 에너지

천천히 집중하고 꾸준히 했더니
뿌듯하고 기분이 좋아지고 재미있다는 거

나의 오른손에게

거의 대부분의 일에 오른손이 쓰인다는걸
알게됐다. 쓸때마다 손가락이 비명을 지른다.
알았다 알았어 많이 썼으니 좀 쉬어 해놓고
또 익숙한 데로 쓰다가 으악.
너무 익숙해서 막 대하고
빠르다고 많이 쭉쭉 나가느라 무리하고
쉬고 회복할 틈을 주지 않았지.
익숙한 거에 대해 많이 생각하고 있다.
오른손으로는 사실 이렇게 긴 손글씨를 쓰거나
끝까지 또박또박 써본적이 없다.
익숙해서 정성을 다하는 것을 잊었다.
처음 글씨쓰는 걸 배울때처럼 잘 쓰려고
정성을 다하지 않으니 흘려쓰고
난 글씨 못쓰네 그림 못그리네 실망만 했다.
잘하는 거 하나도 모르고 못하는 것만 느꼈다.
실제로 글씨도 그림도 써본 적 없던 왼손이
하는 걸 보고 오른손 잘하던 것도 깨닫고 글씨
못쓰던 것도 이유를 알게됐다.

**왼손 일기 3개월째**

133

"존재하는 것의 영혼은 향기다"
— 소설 향수 —

내게 커피의 영혼을 소개해주고
익숙하고 이해하게 이끌어 준
커피 스승이 있다. 십년 넘게 늦된 나를
커핑에서 로스팅까지, 에스프레소에서
드립까지, 방방곡곡 커피집 데리고 다니던
스승님. 와이로커피 윤선해 대표.
  나는 커피를 즐기고 싶지 업으로 하고 싶지
않아서 공부는 뒷전이고 다양한 커피(맛
보는 재미로 신나서 따라다녔다(공부하는척)
초콜릿과 잘어울리는게커피라서 매장 커피가
늘 고민이었죠지만 초콜릿, 아이스크림에 커피까지
직접할 자신이 없었다. 결국

커피를 볶고 있으면서도
내분야 아닌걸 하는
느낌이였다.
누가 내
상상속 커피맛을

**부엉아, 부엉아, 초코 줄게, 커피 다오**

블렌딩하고 로스팅해주길 간절히
바랬다. 그냥 마셔도 기분좋고
초콜릿이랑 쿠키를 곁들이면 더 기분이 좋은
그런 커피.
입으로 가져가기도 전에 벌써 맛있다고
느껴지는 향기의 커피.
식어도 맛있는 커피.

윤선해 대표는 그런커피를 내가 직접해야 한다고
참을성 있게 밀고 끌었지만 나는 내 소원이
결국 이루어 지리라 믿었다.

"부엉아 부엉아 초코 줄께 커피다오"
기도 십년했더니 부엉이 좋아하는 스승님이
드디어 커피 로스터리회사를 만들고 카카오봇 커피를
책임지시기로 !! 게다가 블렌딩 커피 전문 !!!
스승님 덕분에 나는 이제 커피하고 사랑만
하게 되었다. 사랑하는 사이에 일이 빠지니
사랑이 더 깊어진다.
나는 초코를 빚고 스승님은
커피를 볶으세요.
나의 마스터 블렌더
와이로 커피

Y°RO
Coffee

135

맨날 전공관련 책만 사모으고 음식관련,
꼭 읽어야 할 거 같은 교양?서적 만 쌓이는 책장
보노라면 숙제 같아서 책장 줄이고 책도 매몰차게
줄였다. 다 읽은 책은 누구 주고 책장으로 가는 책도
과연 소장하고 좀더 볼것인가 뜯어지게 쏘아본다.
 나이가 들수록 가벼운 살림에 대한 강박이
더 심해진다. 돌볼것이 많아지는게 싫어서인가.
돌볼 에너지가 점점 줄어서인가.
 살림을 단출하게 유지하는 것도 이미 끊임없는
돌봄이 필요한 일이니 가능하다면 남은 인생을
그부분에서는 절약하고 싶다.
 그렇게 절약한 시간은
일찍 퇴근해서 뒹굴거리며 소설책 읽고
왼손으로 책 표지나 느리게 베끼고
강아지랑 노을 보며 길게 산책하고
드라마 보면서 낄낄 훌쩍거리고 친구들과
가족들과 실없이 자주 만나고 싶다.
시간을 세지 않고, 어제이기를 바라지않고,
 내일을 조급해 하지 않고
 가장 새로운 오늘을 만끽하고 싶다.

2021. 7. 22.

" 시간이 끝이 없다면 그 무엇도 특별하지 않습니다. 상실도 희생도 없다면 우리는 그 무엇에도 감사할 수 없습니다.

신이 사람의 수명을 정해둔 이유는 한사람 한사람이 귀하도록... "

[ 소설 The Time keeper ]
도르와 함께한 시간여행 ~ 21세기북스 ~
Mitch Albom , 윤정숙 옮김

쇼콜라티에 전문가과정
수업한지 18년 되었다.
수업목적은 초콜릿을 업으로 삼을 '프로양성'
목표는 프로가 되기위한 '기본기를 이해하고
연습하는 과정이다.
내 수업의 장점은 호텔근무, 제조업, 카페, 공방등
현장경험이 다양하고, 내 업장의 제조실이
교실이며, 우리가 일하는 방식으로 가르친다는것
예쁜 초콜릿 만드는 법과 레서피 배우러 왔다가
그건 기본이고 호된 현장실습 같은 훈련을 한다.
머리로 이해하고 손이 실현하는 기술이라서
원리가 중요하지만 끊임없이 움직여야
하는 법이라 첫 몇주는 다들
힘들어 한다는게 단점이다.

**머리로 이해하고 손으로 실현하는 기술**

프로는 내가 만든 초콜릿을 돈 받고
파는 것이라 엄중하게 가르치려고 하지만
초콜릿의 이야기와 다양한 맛의 세계에도
눈뜨는 수업이기를 바란다. 그 즐거움을
함께 공유하면 수업이 훨씬
풍요로워진다.

새로운 분들과 수업할때마다
조금 더 잘 전달하는 나를 보며 전 기수에게
미안하기도 하다. 실제로 나는 더 요령이 늘거나
새로 배우거나 부족함을 개선하려고 애쓰니까
어쩔 수 없다. 잘 모았다가
수료생들을 위한 보충세미나를
열고싶다. 12주 아무리 집중 농축해서
배운들 바로 전문 기술자가 될수 없다.
손톱 밑에 초콜때가 끼도록 연습해야 한다.
나는 그 길로 갈수 있게 방향을,
자세를 잡아주고 싶은 사람이다.

# 기술자를 꿈꾸는
# 분들을 위한 조언

. 
. 
. 

기술을 배울 때는 스승을 카피하는 반복 훈련 기간이 필요하다. 스승을 그대로 따라하는 과정을 통해 형식과 모양을 만들어 내는 테크닉을 배울 수 있으며 기술의 원리에 더 깊게 다가갈 수 있기 때문이다. 손재주가 뛰어나지 않아도 반복해서 훈련을 하다 보면 누구나 일정 수준 이상의 테크닉을 가질 수 있다.

테크닉은 좋은데 원리를 이해하지 못하거나 경험이 부족해 다양한 맛의 스펙트럼을 가지지 못한 기술자의 제품은 전체적인 완성도 면에서 실망스러운 경우가 많다. 겉보기에 모양은 완벽하지만 막상 맛을 보면 맛과 재료의 균형이 허술하거나, 격이 맞지 않는 재료를 섞어 씀으로써 품질이 떨어지는 경우도 있다. 본인이 인식하지 못할 때는 더욱 안타깝게 느껴진다.

기술은 눈에 보이는 것이 전부가 아니다. 보이지 않는 부분을 더 파고 들고, 의심하고, 경험해야 기술이 깊어진다. 이는 분명 힘들고 지루한 과정이다. 급한 마음에 건너뛰고, 서둘러 내달려 보지만 빈 부분은 결국 걸림돌로 작용하게 된다. 다시 처음으로 돌아와 빈 과정을 채울 수 있는 용기와 기회가 있다면 그나마 다행일 것이다.

스승을 모방하며 길고 지루한 숙련을 거친 후, 자신의 손을 생각대로 자유롭게 조절할 수 있게 되면 나만의 생각, 나만의 스타일, 나만의 개성이 제품과 업장에 스미고 드러나기 시작한다. 같은 듯 보이지만 전혀 다른 개성의 제품이 탄생하는 것이다. 자신만의 스타일을 완성하는 것. 기술자라면 누구나 꾸는 꿈이다. 이 목적지에 닿기 위해서는 올바른 방향으로 나아가야 한다. 그리고 중요한 것은 나아가는 그 길 위에서 지치지 않는 것이다. 중간중간 휴게소 같은 작은 목표를 세우면 최종 목표까지 가는 데 도움이 된다.

방향을 위한 고민과 조사는 깊게 하고, 끌리는 길에는 주저하지 말고 들어서 보자. 끌리는 것에는 이유가 있는 법이니까. 헤매고 길을 잃어도 큰 지도 속에서 보면 사실 별것 아니다.

21. 8. 1

안산 선수의 흔들리지 않는 눈빛

양궁 안산 선수의 눈빛과 입매에
반했다.

힘을 준것도 아니고 없는것도 아닌
흔들리지 않는 눈빛에서 상상할수도
없이 많은 연습을 헤아려 본다.
거의 울듯이 '너무 멋있습니다'를
외치던 해설자 처럼 너무 멋있고
존경스러워서 꼭 그리고 싶었다
도저히 감동 만큼 그릴수 없지만
언젠가는 내 느낌을 좀 더 잘
표현할수 있을것이다. 계속 그린다면!
한동안 왼손일기 안썼더니 글씨가 다시
흔들린다. 흔들림 없는 안산 선수의 눈빛이
마음에 새겨 졌다. 초콜릿과 젤라또 할때
나도 그런 눈빛이면 좋겠다.
손것은 준비됐으니 연습과 반복만 더
하면 된다.                    2021. 8. 1.

2021. 8. 2

해마다 세상에서 젤 맛있는 블루베리를 먹게 해준 농부 친구

올해 언제쯤 시키면 되나 궁금해서 전화했더니 손이 없어서 블루베리 수확 포기했다고 ... 아니 포기한 건 아닌데 따러갈 수가 없다고 그냥 동네분들 따드시라고 했다고. 지난 몇년 어떻게 연구하고 애지중지 키웠는지 알고 있어서 맘이 너무 안좋았다. 그 친구 블루베리 아니면 이제 만족이 안돼서 더 안절부절.

새로 투자한 작물 준비로 손도 부족하고, 외국인 일손도 비용도 힘들고 여러 사정 뻔하니 그냥 조용히 가서 도울 일 있음 하고 냉면이나 한그릇 사주려고 갔다. 햇빛 아래서 땀을 수도꼭지에서 물 나오듯 흘리며 일하는 친구를 보니 말이 안나왔다. '너 못해. 어여 가' 하는 말 안듣고 쭈그리고 일한지 한시간도 안되어 빙그르르 〰️ 에어컨 켜고 하루종일 누워있다 냉면 얻어먹고 돌아왔다. 이틀을 누웠다. 식빵— 민폐가...식빵 벌써 열주일 지났는데도 아직도 부끄럽고 미안 하고 속상하고 안타깝고 ...
맛있는거 신선한거 지켜야 할 거.. 농부가 너무 힘들다
농부에게 기본소득을 !!! 줘라 이 정치인들아

21. 8. 2

너 못해, 어여 가

[ **장사하다** ] ; 이익을 얻으려고 물건을 사서 팔다.

내 기술로 만들어서 파는 장사를 한지
18년 됐다. 그 전 2년동안 호텔에서 초콜릿을
만들었지만 고객을 직접 응대하지 않고
작업만 하니 내가 만든 것이 나를 떠나면
어떤지 알수가 없었다.

책임감 보다는 내 작업에 대한 자아도취에
빠지기 좋았던 것 같다. 자부심은 넘쳤지만 고
얼굴없는 제품을 만드는게 성에 차지 않아서
나의 '장사'를 시작한거 같다.

초콜릿만 하면 되었는데 갑자기 만능엔터테이너가
돼야 하는 현실. 처음엔 힘들어도 흥분되고 대견했다.
내게 있던 다른 재능도 끄집어 내고
해도해도 안되는 재능은 포기하고 (끙끙대고)
어중간한 능력은 키울까 덮을까 방설이며
내가 나를 고용해서 채찍질을 하며, 때론 사장이라고
나태 지옥에 던져질 짓을 하며 자영업의
쓴물단물에 번갈아 담궈져 점점 꼬들꼬들 절여졌다.
내 기술로 만든 제품을 돈내고 사가는 손님을
직접 대면한다는 것은 기쁜일이기도 하고
후달리는 일이다. 프로는 엄중한 돈의 무대에 오르는 일.

월급 받을 때 몰랐던 18종 트러블 세트의 장사의 길.
트러블이 나쁘다는 뜻은 아니다.
직원이나 사장이나 각자의 트러블에서 허우적.
18년 동안 크게 변한거 몇개 적어보면

● 365일 연중무휴 9시오픈 밤 11시 마감에서
  주 1회 휴무 9시간 오픈으로 줄였다.
   장사는 손님과의 약속이라서 오픈 마감 꼭
 지켜야 한다는 생각은 변함 없지만
 경기 변화와 인건비와의 균형으로 그렇게 했다.

● 직원들과의 잦은 회식이 사라졌다.
  기술 배우려고 일하는 직원들이 제자 같아서
 식구처럼 함께 많은 시간을 보냈는데
  이제 계약조건 잘 지켜주고 일터에서만
 보며 맛있는거 사주고 싶으면 카드를 준다.
  일터에서 익히는 기술과 책임외 모두 삭제.
  거뎐도 사장도 더 좋아진 거라 믿는다.

● 그럴듯해 보이게 장사하고 싶어서 고민하고
 좌절하고 의기소침 했었는데 지금은 편하게 한다.
 구멍가게 하나 반짝이게 유지하는게 쉽지 않으니
 이정도면 애쓴거야. 토닥토닥. 계속 노력하잖아 !
                              2021. 8. 24

"

초콜릿만 만들면 될 줄 알았는데,

장사는 만능 엔터테이너가 되어야 하는 일.

"

## 내 일의
## 방향만 잃지 않는다면!

．
．
．

나는 기술자 스타일인데, 장사까지 하려니 어렵고 부족한 게
많다. 이런 나를 안타깝게 여기는 분들이 '뼈 때리는' 조언과 충
고도 많이 해 주신다. 홍보는 이렇게 해라, 페이스북은 저렇게
해라, 포장은 어떻고, 서비스는 저떻고, 컨셉이 중요하고, 사장
은 이래야 하고, 직원들은 저래야 하고….

내 성향이나 업무 특성상 적용하기 어려워 보이는 이야기도 장
사에 도움이 될까 해서 일단은 귀를 열고 고민해 보고 시도하
기도 한다. 그래서 더 좋아진 것도 있지만 대부분은 충고한 사
람들을 실망시켰다. 능력, 노력, 여력, 협력, 돈, 센스 중 늘 뭔가
부족하다고 변명했다. '기술자가 장사까지 잘하는 게 쉽나. 누
가 한 가지는 맡아 주면 나도 더 잘할 수 있어.'

일인 다역을 해야 하는 처지를 한탄했다. 내가 못나서 남들의 진심 어린 충고를 실행하지 못한 것 같아서 열패감도 들었다. 때론 피로감에 '니들이 해 봐'라는 반항심도 솟구쳤다. 멋지게 잘하는 것처럼 보이는 다른 업장들 인스타그램을 넘기며 불면과 무기력 지옥에 빠졌다. 오래 할수록 올드하고 뒤처질까 봐 불안한 적도 많았다. 나의 나태함이 한심한 적도 너무 많았다. 직업인으로의 20년을 펼쳐 놓고 보고 있으니 이런 고민, 무기력, 열패감 등 부정적인 부분이 많이 떠오른다.

그래서 이번에는 20년 동안 변치 않고 일관된 긍정적인 기분이 들게 하는 사실 열 가지를 적어 본다.

- 나는 내 안의 재능과 열정이 시키는 일을 한다.
- 초콜릿 기술을 갈수록 조금씩 더 잘 가르치게 된다.
- 내 손을 연장해서 나 같은 기술자를 계속 만들고 있다.
- 나보다 더 뛰어난 기술자를 흠모하고 배우려고 한다.
- 열린 기술자들과 소통하고 정보를 나눈다.
- 할머니가 되어도 초콜릿을 만드는 사람이고 싶다는 첫 비전대로 늙어가고 있다(?).
- 나는 맛있는 걸 만드는 이 일이 좋다.

- 경제적 자립을 도와주는 이 일이 고맙다.
- 돈 계산은 크게 길게 결국 살아남는 게 실력이다.
- 나를 위해 일한다.

이렇게 적고 보니 기분이 좋아진다. 이게 나의 '방향성'이었구나. 그 길 위에서 넘어지고 깨지기도 했지만 지나고 나니 별거 아닌 것처럼 느껴진다. 여러 갈래의 길에서 때론 길을 헤맸지만 방향을 잃지 않아서 다행이다.

지도에서 방향만 확인하며 마음 가는 대로 걷던 여행들처럼 골목골목 더 걷느라 지치기도 했지만, 가 보지 않으면 알지 못했을 깨알 같은 재미도 건졌다. 낯선 길이지만 중간중간 방향을 확인하면 안심이 된다.

# Chocolat

2000년에 나온 영화 쇼콜라가 넷플릭스에 얼마전에 올라왔다. 줄리엣비노수)와 조니덥 주연이고 이 영화를 보고 쇼콜라티에가 되고 싶었다는 사람도 몇 있었다.

나도 당연히 봤고 씨디와 비디오테잎도 갖고 있다. (어디다 써먹나. 난 티비조차 없다)

영화에서 처럼 나도 차갑고 심란한, 마음에 북풍이 불때 한국에 도착했다. 그게 2001년.

보수적이고 금욕적인 프랑스 작은 마을처럼 한국도 그렇게 척박한 땅이였다. 초콜릿 열정을 품고 왔지만 많은게 녹록치 않고 한참을 이방인처럼 겉돌았다.

영화처럼 아이들을 키우면서 초콜릿장사도 할수있는 가게를 구하고 싶었고,

여주인공처럼 매력적인 모습으로 초콜릿을 만들고 싶었고,

편견에 사로잡힌 마을사람들을 무장해제 시키고, 행복하게 만들고,

조니덥 같은 남자가 문도 막 고쳐주고 ...

그런일은 일어나지 않았지만
영화처럼 초콜릿의 매력과 마력에
푹 빠져 20년을 보냈다.
그동안 그 영화의 기억은 늘 좋았었지만
'첫 초콜릿 만들면서 빨간 등 훅 파진
원피스를 어케 입나'고 삐죽거리긴 했다.
그리고 카카오빈의 문이란 문은 죄다 성치못했다.
아무리 좋았던 영화도 두번 보기 어려워 하지만
이십년 후 초콜릿을 만드는 사람이 되어
다시 보면 어떻게 느낌이 다를까 궁금해서
넷플릭스를 켰다.

'야... 손가락 쭉쭉 빨면서 작업하네?'
' 강아지 한테 초콜릿 먹이면 안돼!!!'
' 짤주머니 그렇게 쥐면... 어휴 그거 어케 팔어?'
'응, 저부분은 꽤나 잘 지도 받았군.'
' 어머, 아프리카에서 재료를 직접 배달??'
이런거주 있다. 에효 ...
첫사랑은 다시 보는거 아닌가봐.

# 어쩌다
# 초콜릿

.
.
.

1994년, 첫아이가 세 살 되던 해 벨기에로 가서 다음 해 봄 둘째를 낳았다. 저녁 8시 넘어 출산하고 병실로 왔는데 간호사가 와서 샤워하러 가자고 했다.

"응? 우린 씻지 말라고 하는데(무려 21일 동안), 그나저나 배고픈데 미역국 아니, 저녁밥 안 주나요?"

"(하루 종일 땀벅벅 진통하고 출산했는데) 안 씻겠다고? 그거 너네 전통이니? 오케이. 그럼 내일 씻자. 식사 시간이 지나서 오늘 저녁은 없어. 낼 아침을 기대해."

간호사는 '쏘 쿨'하게 말했다.

다음 날 아침 식사로 갈색 빵과 커피, 주스, 버터와 잼, 초콜릿 스프레드가 나왔다. 와우.

간호사에게 이끌려 파란 약을 푼 욕조에서 씻고 나오다 어지러워 복도에 주저앉았다. 엄마… 눈물이 났다. '산후조리'라는 단어가 없는 벨기에의 으슬으슬한 봄부터 이후 7년간 나의 독립심 레벨은 수직 상승했다.

퇴근한 애 아빠에게 젖먹이 아기를 맡기고 기를 쓰고 저녁반 영어 수업을 들으러 다녔다. 둘째가 유치원에 가면서부터는 아침에 '플랑드르어'(Flämisch, 벨기에 플랑드르 지역에서 쓰는 네덜란드어)도 시작했다.

어눌한 언어가 삶을 어눌하고 의존적으로 만드는 게 바보 같고 답답해서 더 이를 악물고 열심히 배웠다. 익히는 단어 수만큼 선택과 경험이 늘었고 이해할 수 있는 것이 조금씩 많아졌다. 운전면허 시험도 '더치'로 봤고(떨어졌지만), 병원도 가고, 아이들 선생님들과 상담도 하고, 벨기에 친구들과도 플랑드르어로 떠듬떠듬 이야기하며 우정을 쌓아갔다. 언어가 나를 벨기에 속으로 조금씩 이끌어 주었다. 언어 덕분에 용기를 갖고 이것저것 마음 가는 대로 기웃거려도 보고 배우기도 했다. 선진국이 이런 건가 싶게 벨기에에는 거의 무료로 배울 수 있는 교육과정이 많았고, 또 누구나 배울 수 있었다.

아이들이 학교에서 마을 냄새 난다고 놀림 받을까 봐 벨기에 요리 과정을 들으며 가능하면 벨기에식으로 해 먹었다. 신문 문화면의 행사나 공연 정보를 오려 두고 아이들과 또는 혼자 미술관과 극장으로 싸돌아다녔다. 미술관에 가면 아이들은 작품 앞에 앉거나 엎드려 작품을 보고 따라 그리며 놀기도 했다. 아이들을 위한 방과 후 예체능 커리큘럼도 훌륭해서 아이들이 원하기만 하면 뭐든 배울 수 있었다. 수업이 12시에 끝나는 수요일을 이용해 큰 아이는 피아노를 배웠다. 아름다운 아르누보 건축물 안에서 몇 개월 동안 피아노 소리를 듣고 악보에 음을 그리며 노는 수업 방식이 인상적이었다. 아이도 물론 매우 재미있어했다. 학교 커리큘럼만으로도 아이들이 배우고, 운동하고, 문화적 감수성을 키우기 충분해 보였다. 안정적인 교육 시스템 안에서 아이들은 즐겁고 건강하게 지냈다.

그럼 나는?

나는 앞으로 뭐 해 먹고 살까 '직업적인' 고민이 깊었다. 그 당시는 남편이 있었지만(네, 지금은 없어요) 나는 남편과 상관없이 '무엇을 하는 사람'이 되고 싶었다. 마음 가는 대로 요리, 도자기, 퀼트, 마리오네트(인형극) 작업실 등을 두드려 보았다. 도자기와 마리오네트는 미래의 내 모습이 떠오르지 않았고 요리는 업으로 삼고 싶지 않았다. 주문이 들어오면 시작해야 하는 요리는 충동적이고 자유분방한 나와는 스타일이 맞지 않을 것 같았다. 퀼트는 바늘이 너무 작아서(?), 그럼 제과 제빵은? 새벽 4시에 믹서기 돌아가는 소리에 잠이 깨는 빵집 위층에 살면서 그 직업도 일찌감치 제외시켰다. 내 소중한 아침잠.

시청에 가서 모든 학교 과정 커리큘럼을 가져와 아닌 것부터 지워 나갔다. 그렇게 지우다 보니 '다이아몬드 세공'과 '프랄린'(벨기에식 수제 초콜릿) 과정 두 개가 남았다. 둘 다 모르는 길이었지만 왠지 친근함이 느껴졌다. 다시 '나는 어떤 사람인가?'를 고민했다.

'나'는 손으로 하는 일을 좋아한다.
'나'는 맛에 관심이 많고 먹는 걸 즐긴다.
결국 다이아몬드 세공 땡!

그렇게 초콜릿이 남았다.

『생에, 좀 더 힘을 내야한다면 지금,
진짜초콜릿이 필요합니다.』

내가 쓴 글중에 딱지금 코로나 시대에 맞는
문장이라고 친구가 내 책을 읽다가 문자보냈다.
"내가 ? ... 멋진 문장을 썼구나 "

지금 내게 필요한건 진짜초콜릿 이구나.
보드랍고 매끈한 거짓보다
쓰고 깊은 진실이 더 절실하다.
차라리 그게 더 달콤할거 같다.

"

생에, 좀 더 힘을 내야 한다면

지금, 진짜 초콜릿이 필요합니다.

"

5

.

나와
친해지고 싶어요

# 생각과 감정

두가지가 다른 원천에서 오는 거라는 걸
인식하지 못했다.

이성적이고 합리적인 '생각'을 하려고
노력하고 책임과 의무를 다해야 한다는
기준을 따르느라 내 '감정'이 홀대받고
깊숙이 억눌려 있었나보다.

감정적인 사람이 안되려고 애쓰는 사이
감정은 어디 안가고 트라우마와 범벅이 되어
안보이게 숨어 있었다.

내 '생각'이 내 '감정'을 잘 컨트롤하거나
아예 그 둘이 하나인듯 살았던 걸 깨달았다.
20년동안 직업인으로서는 나쁘지 않았지만
사적으로는 없어지지 않은 감정의 기형적 돌출로
놀라고 아프고 혼란스러워 다시 덮기를 반복하는
사건들이 있었다.

생각은 그럴듯하게 설명되는데
감정은 정리도 설명도 힘들고 못나서
생각을 동원해서 잘 정리하고 넘어갔다.
마치 이해했고 너그러운 척.


**21. 9. 1**

**오래 잊고 있었던 감정과 만났다**

어떤 사건으로 '죽고싶다'거나 '죽겠다'가
아닌 '죽은거같다'는 느낌으로 한달을 보내고 있다.
죽은 나를 바라보는 느낌.

　피떡이 된 트라우마와 상처 사랑 행복 그리움
나는 이런 절망쯤 '생각' 잘하고 이해하고
다시 화해하는 사람 일줄 알았는데...
갈수록 '생각'이란 걸 할 에너지가 사라지는
신기한 경험을 하고 있다. 아니 없던 줄 알던
'감정'이 터져나오는데 꾸역꾸역 끝이 없다.
바짝 마른 감정이 불어나고 있다.

　불어나는 감정만큼 육체가 빠르게 무너진다.
이번에는 생각의 끈 말고 내 감정의 핏물눈물콧물
범벅인 끈을 놓지 않고 따라가 보기로 한다.
그 의지대로 움직이기 위한 에너지가 필요하다.
먹고 쉬고 걷게 해주려고 일상을 잠시멈췄다.
너무 오래 등한시 했던 감정을 마주대한다.
상처받기 쉬운 나라고?
상실한 감정의 기능을 한번 해체해 보자

심리상담

누군가 왜 심리상담을 받는 지 물었다.
상담은 돈과 시간을 쓰는 일인데 기대효용치를
묻는 질문이다.

횡설수설 대답하려고 노력했지만
내 공간에 돌아와서 와인 세잔을 비우며
천천히 생각해보니 이제야 내 대답.
"나와 친해지고 싶어서요. 나를 좀더 알고
나를 좀더 이해하고 위해주고 싶어요.
나 말고 나를 이만큼 이해하고 싶은 사람
없잖아요. 나를 잘 이해하고 싶어요."

오늘 상담사 선생님이 하신 말 중 마음을
두드린 말 두가지.
"세상 사람 수 만큼 다른 뇌가 존재해요."
"일단 내가 살고 봐야죠, 쉬고 먹고 걷고···
에너지가 느껴질 때까지 그렇게 놔두는 거
잘하고 있는 거예요."

내 감정을 잘 들여다보고 존중하는 시간을
견디고 보는 중입니다.
노오력 가져져, 감정 내꺼야.
2021. 9. 1

"

나 말고 나를 이만큼 이해하고 싶은 사람 없잖아요.

"

## 내 감정은 내 것이고,
## 그건 언제나 옳아요

마음이 혼란스럽거나 불편한 일이 생기면 나만의 동굴 속에 들어가거나, 이성적으로 생각하거나, 관련 책을 읽으며 해결책을 찾거나, 걷거나, 조금 울거나, 제3자에게 하소연하곤 했다. 감정적으로 부딪히지 않으려고 거리를 두었고, 나름의 방법으로 생각을 정리해서 돌아와 대화를 시도했다. 아무 일도 없던 것처럼 굴었던 적도 있다. 나 스스로가 꽤나 침착하고 참을성 많은 이성적인 사람인 것 같아 나쁘지가 않았다. 나는 갈등을 성숙한 방법으로 잘 풀 수 있는 사람이라고 생각했다.

그런데 어느 날, 아무리 노력해도 풀리지 않는 문제의 벽에 부딪혔다. 넘었다 싶으면 다시 부딪혔다. 이런 상황이 반복될수록 상처는 더 많이 났고 불신은 더 깊어졌다. 내가 알고 있다고 생각했던 모든 길이 내 지도에서 모두 지워진 기분이었다.

아무리 들여다봐도(정말 보려고 했을까?) 상대의 마음을 이해할
수 없었다(나의 잣대로 보니까). 노력하는 만큼 절망했다(내 맘대로
안되니까). 이해가 되더라도 인정하기 힘들었다(상대가 틀렸다고 생
각하니까). 정성 들여 차곡차곡 맞춰 가던 퍼즐 판이 와르르 뒤
집히는 상황이 반복되었다(너 미쳤어? 나 때문인가! 내가 뭘?). 원망
과 자책과 억울함이 널을 뛰었다. 그럴수록 난 더 솔직해지지
못했다. 관계가 망가질까 봐(이미 망가진 것 같아서) 무서웠다. 혼
란스럽고 자신감을 잃었다. 반복되니까 미칠 것 같았다.

페이스북에서 팔로우하던 심리학자 심영섭 선생님에게 메시지
를 보내고 상담 예약을 잡았다. 그게 2020년 10월이었는데, 상
담은 아직도 진행하고 있다. 상담을 하면 할수록 '나'를 더 알고
싶어졌다.

시작은 사실 '너'를 알고 싶어서였다. 전문가의 도움을 받아 내
가 알 수 없는 너를 조금 더 알게 되면 관계의 테크닉이 생기지
않을까 하고 기대했다. 일그러져 보이는 '너'는 '나'를 비추는
거울이라는 것을 알게 되면서 시선은 나에게로 향했다.

가족이라고 믿었던 관계들이 이혼으로 어이없이 증발해 버렸다. 나는 아이들을 지키려고 애썼다. 그 시간을 견디며 티를 내지 않았다. 어쩌면 씩씩하게 일한다며 너무 단단히 마음의 무장을 두텁게 하고 살았는지도 모른다. 그러다 결국 올 것이 온 것 같았다.

전문가의 도움을 받아 내 마음을 아프게 잡아당기는 불편함의 근원이 어디에 있는지 조금씩 알아가고 있다. 다행히 조금씩 괜찮아지고 있다는 느낌이 드는데, 이 느낌을 조심스럽게 따라갈 것이다. 한강이나 청계천을 걸을 때면 이 물의 시작점까지 걸어가 보고 싶다며 설레곤 했는데, 요즘은 내 마음의 '시원'이 궁금해졌다.

최근의 상담에서 선생님께 이렇게 말씀드렸다. "상담 받은 내용을 책에 쓸 때 제가 상담을 왜곡해서 선생님의 전문성에 해가 되지 않을까 걱정이 돼요." 이런 '우문'에 다행히 선생님은 '현답'을 주셨다. 그래서 이 글을 쓸 용기가 생겼다. 선생님은 나를 지그시 바라보며 이렇게 말씀하셨다.

"영주 씨의 진솔한 느낌과 생각을 알고 싶고 느끼고 싶어요. 그

건 저에게도 도움이 돼요. 자신의 기억, 느낌, 마음이 담기면 그 자체로 소중합니다. 어떤 검열도 필요 없어요. 제가 대중에게 어떻게 비춰질지도 2차적인 문제일 뿐이에요. 그다음 벌어지는 일은 감당하면 돼요. 내 감정은 내가 책임지고, 감정의 농도와 세기와 정도를 조절하면 돼요. 감정 자체는 당신의 것이고 언제나 옳아요."

그리고 이렇게 덧붙이셨다. "존재 자체가 거부당하거나 실패한 적은 없어요. 그냥 누구나 일부의 실패와 조금의 거부를 겪으며 살아갈 뿐이죠."

꽁꽁 숨겨 둔 내 감정 때문에 내 곁에서 외롭고 상처받고 답답했을 사람들이 떠오른다. 그들을 안아 주고 싶다. 그리고 미안하다고 말하고 싶다. 특히 내 아이들. 내 감정과 마주 대하는 훈련을 잘해서 나와 그들의 감정에 좀 더 자연스럽게 닿고 싶다. 자연스럽게.

단골 여행지 변산바람꽃

2006년 홍대에 자키오봄을 오픈하고
잔뜩 피로에 쩔어 있을 때 그곳에 펜션을
오픈했다고 초대해 주셔서 눈비라 뚫고
달려갔다. 그때 아이들이 초등생, 중학생인가.
티비 없고 주방없는 묵직한 나무집.
로비엔 벽난로가 있고 주인분이 고구마를 구워
주셨는데 너무 맛있었다. 그 고구마 때문인 거 같다.
지금껏 친정집처럼 찾고 있는게.
( 난 확실히 먹을거에 잘 넘어 간다 )
  친구들, 부모님, 아이들, 존경하는 분들과
 명절에 고향 가듯 벼르거나 충동적으로
서해안 고속도로 타고 달려갔다.

  바닷가 바로 앞이라 욕조 목욕을 하면서도
바닷바람을 맞고, 새벽 내소사 산책,
 양파김치 맛있는 조개구이집, 솔섬 앞 일몰,
 벼 익는 들판, 와그르르 게 숨는 소리, 갯벌을
 안아주고 떠나고 반복하는 조용한 바다,
차르르한 조개죽, 달빛 아래서 마시는 와인
 … 추억이 많다. 아이들은 성인이 되었고, 나무집도

색바래 질 무렵 '펜션'에서 '스테이'로 이름도
바꾸고 젊어졌다. 원래의 품질과 품위에
요즘의 '인스타 감성'이 더해지니 더 좋아졌다
고객도 하늘하늘 예쁜 커플청년이 대부분이다.
기막힌 자연과 인테리어와 고객이 다
그림 같은 곳이다. 다들 조용조용 한들한들 장소를
즐기는 모습... 참 좋은 숙소다. 이제 예약하기가
더 힘들어지고 청년에게 양보? 해야 할 것 같은
분위기지만흥.양보 못해!

찰랑찰랑 갯벌에 물 들어오는 소리 들으며
커피 한잔 내려서 테라스로 나가고
책 읽다 졸다, 마실길 따라 작은 포구까지
걷고, 와인 홀짝 거리며 달구경 하는데 노인이라
청년들에게 방해될 리가 없잖아?
마음이 많이 아프고 힘없이 도착한지 삼일됐는데
이만큼 일기를 써내려 가는거 보니까
좋아지고 있네 있어.
젊은 세대가 좋아하는 곳이 되었지만
아직 내게도 최고의 휴식처인걸 보니
나도 젊은 거다!

2021. 8, 22

스테이 변산바람꽃에서의 휴식

**변산바람꽃에서의 휴식**

직원은 나가려고 들어오는 인연.

사람보는 눈도 의심도 별로 없는 나도 한가지 고집을
세우고 직원을 뽑는다.

돈 상관없이 일하고 싶다고 하면 안 뽑는다.

거의 모든 직원이 기술 배우고 싶어서 들어오지만
정해진 일을 충실히 하고 돈을 받는게 기본인데
돈이 상관없다니 ...  일의

배우고 싶다는 욕구가 일해야 한다는 당위보다
앞서면 일하면서 자꾸 조급해지고 빨리 지친다.
정당한 댓가를 받고 요구되는 일을 하면서
점점 능숙해 지면서 어느새 배우게 되는거 아닌가.
사장이면서 기술을 가르쳐야 하는 선생이지만
수강생을 뽑은게 아니니 일이 먼저다.

뭔하는 기술을 가장 빠발리 배우는 직원은
열심히 일하고 오래 근무한 직원이다.
하지만 어떤 직원이든 지간에

들어오는 순간 부터 나갈 것을 꿈꾸는 거 같다.

언제 나가느냐가 사장 입장에서는 문제인데

각각의 꿈과 속은 알 재주가 없으니

함께 하는동안 신나게? 일하고

나갈때 '또 봅시다' 하며 나가길 바랄뿐

직원들간의 갈등이 생기면

사장은 죽을맛이다.

직원은 상대방때문에 겪는 고충을 호소하거나
알아주길 바라지만
사장 입장에서는 둘을 ~~갈라놓거나~~ 화해시키기
~~둘다~~ 어렵다는걸 경험했다.

갈등이 업무 분위기를 망치지 않기를 바라며
프로의식을 바라지만 갈등에 휩싸인 당사자에겐
답답한 소리일 것이다.

일이 힘든건 참아도 사람 힘든건 못참는다고
한다. 사람 싫어서 나간다고 하면
잡을수는 없지만 일이 그만한 핑계를 댈 정도로
절실하지 않구나 싶다.

나도 한동안은 직원들 간의 갈등을 풀어주려고
술사주고 밥사주며 에너지 쏟아 상담도 많이 했는데
이젠 안그런다. 근로계약서 쓸 때 한마디만
덧붙인다. "동료들간 갈등 생기면 당사자랑
해결하세요. 다른 직원 (사장포함 ) 한테 티 내고
토로하면 더 커져요. 나는 일 잘하는 직원 편입니다."
냉정한 프로의 세계?!          아니 남는

2021. 9. 10

어플레어 3개중 한개를 먹고 나머지를
싸들고 엄마아빠에게 갔다.
 갑자기 서늘해진 날씨탓인지,
몸이 안좋으신지 뜨끈한 국물 드시고 싶다셔서
구글맵 검색해서 곰탕집에 갔다.
 송도 아파트단지 근처 쇼핑몰 같은 먹거리(타운.
뭔가 삐까번쩍 화려한게 맛집이 모여있어
보여 잠깐 흥분했지만 정말 잠깐.
'서울 양반식' 곰탕이라는데 우리가 추운날
기대하는 뜨끈한 곰탕의 딱 그 '기대부분'이
빠진 서울깍쟁이 같은 곰탕을 남기고
휑~하니 떠나왔다.
 부모님 집에 내려드리고 서울로 오는 길이
식어빠지고 얕은 맛의 곰탕처럼 아쉬웠다.
80이 넘으며 급히 쇠약해지는 두분 모습이
당혹스러워 죽겠구만 한끼를 허탕치다니 …
 집 도착했다고 전화드렸더니 엄마가 의외로
밝다. "야 이 빵 뭐냐? 입에서 살살 녹아.
이거 먹었더니 기분이 좋아서 입이 댄스를 한다 야"

**21. 9. 10**
**좋은 디저트는 입도 춤추게 한다**

오늘 전문과정 수업에서
마라스키노크림'이라는 계란노른자로 만드는
화이트초콜릿크림을 배운다.
나는 한번도 마리

가루하루의 에끌레어 드리고 왔는데
그걸 드신게다. 가루하루 최고 !!!

어린신들도 디저트 필요합니다 여러분
디저트는 실망스런 식사나 나쁜 컨디션도
다 물리치고 심지어 입이 땐스를...

좋은 디저트는 입도 춤추게 한다.

2021.9.19

오늘 쇼콜라티에 전문과정 수업
'마라스키노' 리큐르 (Liqueur) 가 들어가는
달걀 노른자 화이트 초콜릿 크림을 만들었다.
마라스키노 술은 본적도 마셔본적도 없어서
'키어쉬 (Kirsch)' 라는 리큐르를 대신 쓴다고
설명했다. 키어쉬 또는 키르쉬? 는 체리종류주며
향과 맛이 아주 좋은 40도정도의 술이다
이 수업을 한 지 벌써 18년 되었고 아마 그때는
주류업체에 문의해도 마라스키노 술을 구할 수
없었던 것 같다 (기억도 안 나 ...)

키어쉬에 대해서는 생생히 맛과 향을 떠올리며
설명해놓고는 'Maraschino? 이건 몰라요' 라고
말해버렸다. 너무 무책임한 설명같아서
바로 네이버에 검색했다.

🗹 마라스키노는 마라스키체리로 맛을 낸,
달콤하면서도 쓴맛이 나는 증류주다 .... 어쩌고저쩌고┛

    ── 초콜릿수첩 / 우듬지 / 고영주 ??? !!!

네이버 지식백과 젤 위에 내가 2011년에
쓴 책 내용이 뜬다. 경험없는 지식은 이리
쓸쓸허구나. 주류상에 다시 문의해봐야겠다. 마라)

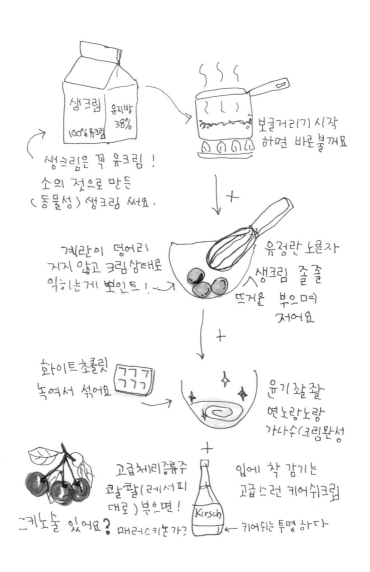

생크림 유지방
100%유크림 38%

생크림은 꼭 유크림 !
소의 젖으로 만든
(동물성) 생크림 써요.

보글거리기 시작
하면 바로 불꺼요

계란이 덩어리
지지 않고 크림상태로
익히는게 포인트 !

유정란 노른자
생크림 졸졸
뜨거운 부으며
저어요

화이트 초콜릿
녹여서 섞어요

윤기 좔좔
연노랑노랑
가나슈 크림완성

고급체리증류주
콸콸(레시피
대로) 부으면 !

입에 착 감기는
고급스런 키어쉬크림

그게노뭘 있어요? 마러스키논가?

Kirsch ← 키어쉬는 투명하다

179

한 손의 뼈가 27 개여야 하잖아?!
열 번을 세도 다 달라
해골한테 홀렸나. 해골에 숫자방이
없는 나.

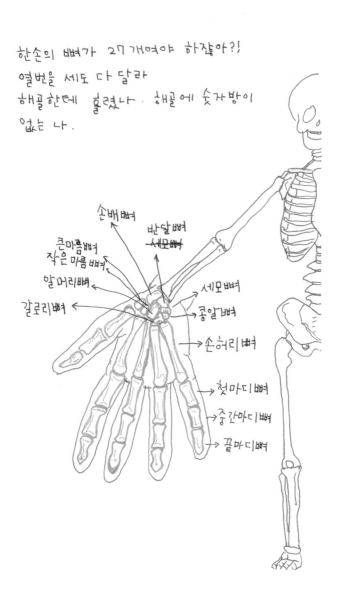

손배뼈
반달뼈
~~세모뼈~~
큰마름뼈
작은 마름뼈
알머리뼈
세모뼈
갈고리뼈
콩알뼈
손허리뼈
첫마디뼈
중간마디뼈
끝마디뼈

2021. 09. 25

사람은 206개의 뼈로 이루어지고
이중 54개가 손에 있다고한다.
그래서 손으로 많은 일을 하나보다.
많은 뼈들의 협력으로 섬세한 일도하고
안아주고 쓰다듬고 할때 다양한 감정을
전달할수 있고 ...

그런 생각하는 손이 되려면
수많은 뼈들과 관절에 좋은것도 해야되겠어.
그동안 너무 혹사시키기만 했잖아.
일단 볼펜을 손가락 사이에 끼우고 주리?를
틀어보자. 엄청 시원해
열손가락 사이사이 매일 매일 주리를 틀라!

2021. 10. 10

월요일. 매장 휴무일
대청소를 하고 아침을 먹고 음악을 듣고
강아지 산책을 시킨다.
대청소 배꼽는 거의 같은 루틴이지만
가게가 닫아서 쉬는 날은 느낌이 다르다.
영업일에는 이상하게 마음이 조급하다.
여유롭게 아니라 게으른거 같고
같은 걸 하면서도 다른 품질이다.
15년 지켜온 연중무휴 매장영업이
주 1회 휴무로 바뀌고 젤 좋은게 바로 이거다.
    정말 '쉬는날'을 갖게 된 점.
사장이라 출퇴근을 자유롭게 할 수 있지만
    매장도 쉬고, 직원도 쉬고, 나도 쉬는날은
'쉬는 기분'이 든다. 쉬는걸 즐기게 된다.
    아무도 없는 카카오 봄에 나와서
    ~~카카오~~ 커피를 내려 놓고 일기를 쓴다

작업실 냉장 냉동고는 쉬지 않고 돌고 있다.
멈추면 안되는 이런 설비 없이
내 직업 이런 업종은 가능하지 않겠지.
초콜릿과 젤라또에 가장 중요하고 기본이
냉장 냉동 설비 기술이다.
나의 기술은 다른 분야의 기술과 연결돼있다.

얼마전 선물받은 팥주머니를
전자렌지에 2분 돌려 어깨에 올려놓으니
어깨통증이 곧 좋아질것 같은 기분이든다.

순면 주머니에 넣어 끈으로 몸에 묶을 수
있어서 손으로 잡고 있지 않아도 되니
이거 만든 분의 섬세한 배려와 품질에
감사하게 된다. 이걸 선물해 주신
선생님은 말할것도 없지.

쉬는 날 왜 나왔는가?
작업실 냉장고에 가루하루 에끌레어가
없어서 ..., 쉬는 기분 최고조다!

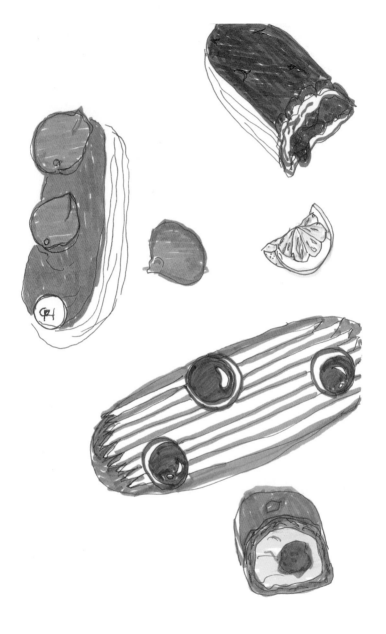

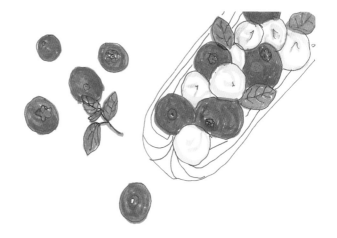

# ÉCLAIR

2021. 10. 12

용산. 약간 촌스러운 느낌과 용산참사라는
아픔이 떠오르는 이름이다.
용산역 맞은편 '아모레(퍼시픽)' 사옥은 매우
아름다운 새건축이고  50년 넘은 '삼각지맨션'
까지 이어지는 오래된 골목에 슬렁슬렁
새움직임이 급하다. 유명한 쉐프들이 오픈한
식당이나 주점앞에 줄이 길다.
 새건축물과 50년된 아파트의 대조처럼
 새로운 상권과 오래된 상권이 섞여있다.
오래된 식당에서는  아직도 숭늉이나
보리차를 끓여 내고 맛갈진 파김치를 담근다.
연탄불에 고등어를 구워주는 할머니와
 손님들 어서와요 하고 인사건네는 국수집
할머니도 건재하시다.
 정육점에서 불고깃감 사면서 마늘은 어디서사지?
혼잣말 하면  다진마늘 한줌 고기에 올려준다.
 그런 오래되고 허름한 동네에 요즘
젊은이들이 몰려오는게 체감된다.

서울의 심장으로 통하는 혈관 같은
한강대로 좌우 오래된 골목길이 요즘 '핫'
하다는 '용리단길'… 맙소사!

홍대 → 삼청동 → 경리단길 거쳐
조용한 삼각지로 왔더니 여기가
용리단길이 되네. 조용했던 골목이
화려해지고 망해가는 과정을 20년동안
세군데서 겪고 보니 용리단길 탄생에
맙소사라는 탄식이 나온다.
한동안 인테리어와 건축으로 시끄러울테고
차렸다 팔았다 권리금 챙기는 일도
생기고 임대료는 껑충 껑충 올라갈 것이다.
발빠르게 움직이지 않으면 나한테 온 폭탄을
넘길 데가 없어지는…
이제 게임은 시작됐으니
가능한 길게 길게 끌기를 바랄 뿐.

안 왔다

21. 10. 15

**사람 구하기가 하늘의 별 따기**

2021. 10. 15

매장이 점점 바뻐지니 직원들 피로도가 높아진다.
매출이 늘면 초콜릿, 젤라또 등 제품이 빨리 없어지니
그만큼 작업량도 느는 구조다.
　매장에 딱 0.5명이 필요한데 미리 투자로
알바 대신 정직원을 뽑기로 했다.
매장 인력에 여유가 있으면 작업이나 테스트
직원 복지도 좋아진다. 매출의 큰 부분을 차지해서 너무
무서운 인건비지만 '더 벌면 되지' 호기 부리며
사람인과 알바몬에 구인공고를 올렸다.
　2주동안 십여명 지원했다.
이력서에 사진 없거나 누운 사진 이거나 (ㅠㅠ)
　6개월 이력의 반복 이거나 … 빼고 네명에게
문자를 보냈다. 면접 오시겠냐고.
　두명은 일정 조율 원해서 언제? … 하다가
답이 없고 한명은 약속 20분 전에 못 간다 했다.
답해주니 고마울 지경 이다. 젠장
한분이 이력서도 맘에 들고. 면접에 시간 맞춰
오셨고, 핫초코 마시고 맛있다고 행복하게
웃으시길래 다음주 부터 출근하시라고 했다.
사람이 귀하다. 안오면 어쩌지. 두근두근.

2021.10.17

친구가 망우동 47년된 동부고려제과의

생도나츠를 사온다고 해서 삼총사가 모였다.

며칠전 배대표네 '더 큐어링' 레스토랑에
~~배대훈~~ 전용          └다시 가고픈 곳. 좋은 음식
모여

온갖 파인 파인한 음식과 와인에 행복해

하면서도, 오래돼보이는 빵집을 지나치지

못하고 생도나츠 사서 나눠먹고 엄청 실망했다.

뻣뻣하고 기름품은 비율이 너무 크고(크기가 작아서)

희망급이 야박하게 들어가서 그 모든 단점을

가려주걸 못했다. 배대표네 아이들과

먹으라고 한봉다리 따로 챙겨주기도 했는데

배대표님 미안허우. 먹어보고 줄걸.

그날 내가 너무 실망하자 친구가

내 취향의 생도너츠를 사왔고

우리는 다시 모였고 순대국 정식을 먹고

도너츠를 두손으로 감싸들고 신나게 먹었다

정말 즐거운 대화와 디저트였다.

정말 고맙고 소중한 친구들. 맛있는 시간.

2021. 10. 23

　외부 강의 간 곳에서 간식으로 쿠키를
주셨다. 이상하게 안 땡겨서
집에 3일째 방치.

　오늘 딸아이가　단 거 먹고 싶다며
뒤지다가 쿠키를 발견. 지도 축이 있는지
망설이다 먹더니

　"으아 ~ 기분이가 안좋아.
이걸 왜 만들었지?"

　이걸 왜 만들지 ? 를 기억하자.

내 직업의 좌우명 삼아야겠다.

쿠키에 대해 할말이 많다

2021. 10. 24.

　　2006년에 입사해서 십년 일하다
퇴사했던 직원이 요즘 다시 입사했다.
초콜라은 이제 나보다 잘하고, 젤라또 기술 배우려고
자기 업장 잠시 접고 함께 일하게 되었다.
오랜 친구처럼 편하고 듬직하다.
20대에 입사해서 이제 40대가 되었으니
카카오봄의 역사를 함께 만들었고 그렇게 나와 함께
늙고 ... 아니 성숙 ... 아니 나이들고 있다.

　　지금 나머지 직원은 모두 20대 초반이다.
그들은 출퇴근 시간만 지켜도, 힘들텐데 귀여운
농담하며 애쓰는거만 봐도 귀엽고 안쓰럽다.
기대치가 낮아지기도 했지만 자식보다 더 어려서인가
조금 잘하면 '오우! 잘한다 잘한다' 하게 되고
서툴면 '괜찮아 괜찮아 하다보면 잘할거야.'
한다. 진심이다.

40대 직원에게 고백했다.
"그때는 내가 왜그리 직원에게 기대가 크고
함께 성장하자고 잡아 끌고 밀고 경험을 나누려 했을까?
괴롭혀서 미안해. (직원에 대한 투자라고 생각했는데
오만한 투자였어 ...)"

"

괜찮아 괜찮아,

하다 보면 잘할 거야.

"

## 오늘 일기
## 건너뛸까?

.
.
.

생각이 많은 날은 일기 쓰기가 싫고, 쓰려고 해도 잘 안 써진다.

머릿속이 어지러운 데다가 왼손으로 쓰는 글씨의 속도가 생각의 속도를 따라가지 못해 더 머뭇거리게 되고 꼬여 버린다. 문장을 지울 수도 없는데, 설익고 헝클어진 생각이 화석처럼 남는 것 같아 거슬린다. 글씨보다 더 서툰 그림은 말할 것도 없다.

가끔 나와의 약속을 어기고 건너뛸까 생각을 하다가도 '에잇, 잔머리 굴리는 시간에 한 줄이라도 쓰자' 하고 책상에 앉는다. 거실의 등을 끄고 내가 좋아하는 스탠드를 켜면 몰스킨의 빈 페이지가 빛을 듬뿍 먹고 따듯해진다. 깜빡이는 커서 없는 빈 종이는 나를 재촉하지 않고 가만히 기다려 준다. 한 문장을 시작하면 신기하게도 어느새 한 장이 채워진다. 복잡한 생각도 종이 위에는 가볍고 단순한 몇 문장으로 남는다. 다 표현하려고 욕심을 부리다 그 페이지에 결국 커다란 X자를 그을 때도 있다. 이게 뭐야 쫙쫙. 다 쓰고 일기장을 덮고 스트링을 채우면 신기하게도 기분이 가벼워진다. 쓰지도 못할 잡념들아! 안녕~.

생각도 덜어 내고 욕심도 버리고 아이 같은 마음으로 쓰고 그리는 일은 재미있는 일이다. 재밌자고 한 일에 죽자고 스트레스 받을 일인가. 초심을 잃지 말자!

6

달콤함 위에 응원을 올린
초콜릿을 팝니다

2021. 11. 3

왼손일기를 몇번 SNS에 올렸더니 출판제안이
들어왔다. 에이 뭐 이런 일기를 책으로 …
겸손을 떨었지만 속으로는 좋았다.
SNS에 왜 올렸겠나. 나 오른손 고장나서
좌절해도 왼손이 할수 있는 거 찾아서 재미나게
지내요~ 자랑도 하고, 서툰 왼손을 써서
꾹꾹 눌러 쓰는 글과 그림이 정말 점점 재밌기도 했다.
처음 초콜릿을 배울때 연습이 쌓일수록 늘어가는
손맛에 짜릿함을 느끼던 것과 비슷하다.
계약서에 도장찍고 나자 모든게 달라졌다.
  혼자 신나서 쓰던 일기가 한줄도 안써지고
그림은 아예 점하나도 못 찍겠다.
글을 잘 쓰고 싶다는 욕망에 괴로웠고
글보다 더 근본없는 그림은 욕망조차 감히 …
한 달 쯤 일기장을 못 펼치고 아 어뜨카지 …
며칠 전 계약금이 입금됐다.
잔재주를 자랑하면 이런 빚을 지는구나.
  으아 ～～～～～～～～～～～～

21. 11. 3
〈왼손일기〉 출판 제안이 왔다!                     198

2021. 11. 5

「인간실격」드라마 휴유증이 크다.
꿈도 꾸고, 문득 문득 대사를 떠올리고,
유투브에서 짤을 찾아보고...아주 푹 빠졌다.
걷는거 말고 재밌는거 오랫만이다.

지난 몇년간 갱년기의 강을 건넌다고 없는지
뭘해도 버겁고 시들하고 아팠다.
그 전에는 폼 잡을때 생각해 보던
'고독'이라는 단어가 온몸과 마음에
살얼음처럼 박히는 시간이였다.

'무엇이 되고 싶었는지' 나름 열심히 달리던
나는 '무엇을 하고 싶은지'도 몰라서
엉거주춤 어리둥절 하며 슬럼프의 탈을 쓴
치매에 걸린 ∧ 시간을 꽤 오래 보냈다.
              것 같은
그동안 '나'라고 생각했던 '나'가
옳았을까 의심했고 헛갈렸고 깨졌다.
그래도 다행히 그런 낯선 나를 피하지
않고 봐줬더니 점점 나를 알아가고 있다.

**21. 11. 5**

**자세히 봐주고 싶다**

전도연 아버지가 사위에게 부탁한다.

"우리 부정이 좀 봐달라고". "자세히 좀 봐달라고.."
" 어디 아픈건 아닌지 ...무슨 일이 있는지..."
' 에이~ 부정이가 절 봐주는거죠' 하던 사위가
할말이 없어진다.

전도연앞으로 법원에서 고소장이 나온걸
안 아버지가 전도연을 보며 깊이 절망한 얼굴로
힘없이 말한다

  얼마나 무섭고 힘들었냐고 ... 아버지가
도와줄 게 없어서 미안하다고 ... 사안의

옳고 그름이 아닌 존재 자체로 품고 인정하고
위로하는 우뚝 선 나무같은 숲같은 산같은
그런 부모라서 놀랍다. 닮고 싶다.
  자식이던 사랑하는 사람이던 각자의
고독한 경계로 침범하지 않고도
서로 잘 봐주는거 하고 싶다.
  자세히 봐주고 싶다. 나도 자세히 보고
있는 중에 만난 보석같은 드라마.

200

"

그동안 '나'라고 생각했던 '나'가

옳았을까 의심했고 헷갈렸고 깨졌다.

그래도 다행히 그런 낯선 나를 피하지 않고 봐줬더니

점점 나를 알아 가고 있다.

"

2021. 11. 8

관계가 힘든건
상대나 나 자신을
잘 봐주지 않아서 아닐까
자세히 잘 보아야 그 다음에
인정이나 단절 또는 그 어디쯤
내가 아는 자리에 있지.
내가 선택하는 자리.

나를 잘 보는게 우선이긴 하다.
그러다 보면  소중한 사람들을
더 잘 보고 싶어진다.
아무리 잘 보더라도  보이지 않는다면
기다려야지.
각자의 고독을  존중하면서

2021. 11. 9

인맥.

카카오봄 오픈하고 한몇년은 사회선배들 조언과
권유로 인맥을 위해 좋다는 자리에 많이 끌려다녔다.
워낙 제과업계에 인맥도 없고 사업적인 배경도
없는터라 반신반의 하면서도 열심히 해보았다.
인맥을 쌓겠다는 노력이 아니라
뭐라도 배우려는 마음으로 한 노력이였다.
인맥이 중요하다며 쏟아붓는 시간과 노력이
잘 이해도 안가고 아까웠지만,
진짜 인맥이 저렇게 쌓아지는걸까
의심스러웠지만, 주부로 10년 살고 이제 막
사회에 나온 어리버리 초년생인 나는 세상이
하라는대로 해보았다.
그러다가 어느 순간 내 마음 가는데로
뚜벅뚜벅 걷고 있는 나를 보고 안도한다.
만들려고 작정하는 인맥? 도웠고 !!!
다 알아두면 좋다는 인맥? 개나줘!
우리 강아지도 싫다다네요.

**21. 11. 9**
**인맥 같은 건 없어요**

2021. 11. 11

이번주 상담하다가 내가 말했다
"선생님, 저는 제가 좋은 엄만 줄
알았어요. 하하하하."

우리는 같이 크게 웃었다.
하하하하하...

좋은 엄마인 줄 알았다는 건

과거의 나를 다시 보게 되었다는 것이고
하하하 웃음이 나온다는 건
그걸 알게 되어 다행이고
기뻐서인듯 하다.
하지만 '아는것'과 '하는 것'은
다르다. 무엇을 할 지는 매 순간
선택해야 하는 문제.
아직도 그 문제 앞에서 긴장하고 있다.
어디로 가고 싶은 지는 아는데
그리로 가게 하는 마음의 근육이 필요하다

**21. 11. 11**

**마음의 근육이 필요하다**

"

어디로 가고 싶은지는 아는데

그리로 가게 하는 마음의 근육이 필요하다.

"

2021. 11. 12

어제는 빼빼로데이 다음주는 수능이다.

손도 고장나고 몸도 아끼고 싶어서 직원 한명
더 고용했지만 바쁠때는 나도 모르게
움직이고 있다.

손도 빠르고 몸에 밴 일이니 습관처럼
사사삭 — 움직여주면 직원들 일을
덜어주니까 칼퇴근이 가능하다 (원래도 칼퇴근)
그렇게 하고 나니
손가락이 다시 퉁퉁 붓고
오른쪽 목부터 등까지 담이 결려
숨쉬기가 힘들다.

내마음의 주치의 김형찬 선생님께
달려가서 침, 부항 맞고 쉬었다.
선생님은 포기하지 않고 은근히 또 물으신다.
"운동은 ... 아직 결정 ...?!"
아 ... 운동 .... 운동 ... 해야죠 ...?! ...

운동이 먹는거면 좋겠다

첫 그림일기 시작할 때 주로 쓰던
펜 PIGMA MICRON 02 를 05 로
바꿨다. 좀 더 두꺼운 펜으로 쓰니까
왼손에 힘이 덜 들어가서 좋다.
처음 한글 배울 때 연필 받쳐주는
중지 옆면이 쏙 들어 갔는데
지금 왼손 중지도 그렇다.
아직도 왼손글씨가 어색해서 힘이 많이
들어가는지 길게 쓰고 나면 담이 들 때도
있다. '힘 빼고 바른 자세' 하기 가
목표다. 초콜릿 수업에서도 늘 강조하는 걸
어디에 갖다 붙여도 얼추 맞는다.

쓸데 없는 힘은 빼고 자세는 바르게 —
덜 힘들고 덜 망가지게 —

2021. 11. 13

" 우리 돈 많이 벌어서 나중에 맨날 손잡고
놀러 다니자 했더니
어느새 늙어서 매일 손잡고
병원이나 다니고 있네.
손두 뭐 좋아서 잡나
넘어질까봐 잡지. "

2021. 11. 13. 엄마말씀

내가 맨날 놀궁리나 하고
꽃보러가자, 단풍보러 가자 조른다고
걱정 끝에 ... (돈은 언제 버냐고 )
엄마, 나는 틈틈이 놀아요
나중에가 언제일지 모르고
오늘이 젤 소중하잖아요.

오늘

엄마 아빠랑

맛있는 거 먹고

800년 된 은행나무 노란 잎 다 떨구기 전에

가서 보고 멋진 사진도 찍고

햇살 맞으며 산책도 해서

오늘

좋았 잖아요.

열심히 일하다가 노는게 얼마나

좋은데면 .

오늘 놀기로 한 건 정말 잘한일 !

저의 좌우명은

틈틈이 놀자

2021. 11. 14

'가을안녕 산책하자고
예정쌤이랑 싸이먼이 가게로 왔다.

" 지푸라기라도 잡고 싶은 심정으로

뭔가를 잡아 보지만

거의가 지푸라기였다.

현실을 피하고 싶어서 어떤 걸 잡아보지만

대개는 썩은 동아줄이더라.

내가 나를 구원하기란 좀 어려운 일이지만

외부에서 나를 구원하는건 거의

불가능 한거 아닐까.

내가 나를 만나는,

내 현실을 직시하고 인정하는,

외부로 향한 간절함을 나에게 돌리는,

정공법을 쓰자고 ! "

막걸리랑 보쌈이랑 먹으면서 열변을 토하며

따뜻한 우정을 나눴다.

떠나는 가을을 배웅하며 함께 만보 넘게

걸었다. 우리는 고독하고 따뜻했다.


**21. 11. 14**

**우리는 고독하고 따뜻했다**

210

힘들지?
나를 잡으렴
이 길밖에
없...을걸 ?!
대롱대롱~

2021. 11. 15

어반비즈서울과 페어몬트호텔의 협력으로 어반비즈가
카카오봄 옥상에 도시양봉을 시작했다.
날 좋은 날 휴식도 하고 도시락도 먹고
야채도 키워먹던 옥상을 도시의 벌들에게
내주고 나니 서운했다. 한창 날 좋은 가을에
말벌의 습격을 보고는 무서워서 올라갈수도
없었다. 아지트를 뺏긴 기분이였다.
말벌에게 공격당하는 꿀벌들이 가여워서
마음도 불편했지만 할줄 아는게 없었다.
난 벌들을 잘 모르고 무식했다.
어반비즈서울 대표님이 벌 교육을 해주신다고해서
평생 처음 벌을 가까이서 보고
생각보다 신통하고 귀여워서 좀 반했다.
오늘은 각종 꿀을 테이스팅 했다.
다양하고 달콤한 꿀을 먹다보니 서운한 마음이
사라졌다.
벌을 좀더 알고 싶어졌다. 자꾸 콧소리가
나온다 "허니히~ 우리 잘 지내보자."

**21. 11. 15**

**달콤한 꿀을 먹다 보니 서운한 마음이 사라졌다**

황금빛 꿀에 비친 '자기'에게
반한 나르시시스트 벌이 속삭였다
허니 … 자기야 …

urban.bees. seoul
X
fairmont.seoul
X
cacaoboom

2021. 11. 18.

수능이 초콜릿 업계 떠오르는 대목이다.

찹쌀떡, 엿을 사주던 게 점점 초콜릿으로
바뀌고 있는지는 모르겠지만
초콜릿 가게들 마다 수능용 제품을 따로
만들어 파는데 점점 더 집중하고 있다.
한입크기 프랄린 (쇼콜라봉봉) 위에
합격 대박 행운 등의 문구를 전사작업 한
제품들, 잘 찍으라고 일회용 포크를 올린 박스 등
달콤함 위에 '응원'을 올린 초콜릿들을 판다.
우리도 별의별 아이디어로 제품을 만들었었는데
언젠가부터 '수능용'으로 따로 제품을 내지
않는다.

아예 'Student haver'라는 이름의 초콜릿을

> 벨기에 어로 '학생밥'

항상 팔고 있기도 하고,
초콜릿과 견과류등이 뇌를 혹사하고 있는
학생들을 위한 최적의 간식이라는 걸

소비자들이 많이 알게 되어서인지
'수능용' 초콜릿을 따로 찾는 손님도 별로없다.
또 다른 이유는,

올해는 뭘 또 새로운 걸 해야하나 고민하는
스트레스에서 벗어나기로 작정했기때문이다.
잘했거나 못했거나 20년 치열하게
해볼거 다 열심히 했으니
앞으로의 일은 즐거움과 가벼움 비중을
늘리고 싶다.

우리가 만드는 초콜릿 한조각이
누군가에게 작지만 달콤한 위로와 즐거움이
될 거라고 믿는다. 실망시키지 않으려고
매일 정성을 들인다. 정성대비 성능 "정성비"
그 정성을(우리도 즐거울 수 있으려면 )
어디까지 쏟아야 하는지 생각할 수록,
곁가지가 쳐지고 점점 중심이 굵어지는
느낌이다. 게을러 지는 건가?

2021. 11. 19

Running lesson

드뎌 시작했다.

'운동 해야 하는데 ... 되는데... 그런데...'
평생 미루던 것을 시작했다.

가벼운 스트레칭이나 걷는 것 만으로는 더이상
근육을 지킬 수 없는 나이기도 하고, 아니
지킬 근육이 원래 없었고 젊음이란 밑천도
진즉 다 빼먹고 몸을 질질 끌며 사는거
벗어나고 싶지만 운동은 싫어! 라고 외치는
것도 더 이상 봐줄수가 없다.

수영은 물이 싫어서
헬스는 지루해서
PT는 시간 맞추기 힘들어서
권투는 때리는게 싫어서
자전거는 내 몸외 다 짐스러워서

오른 팔 쓰는 모든 종목은 직업땜에 안되고

승마는 말이 나를 힘들어 하는거 같아서 ...

많은 걸 시도했지만 많은 핑게를 대고 끝냈다.

아 탭댄스, 살사, 당구도 했군.

시도 해볼만큼 했고 이제 선택하면

"10년 해야지" 하는 마음이라 더 오래 고민했다.

나라는 인간을 "과거의 선택과 포기" 에 비춰

정리해보니.

1. 내 몸외 도구,기구 짐스러워함

2. 오른 팔 많이 쓰는 직업이라 팔로하는 거 안돼!

3. 실내 운동 답답해!

4. 시간 자꾸 바뀌면 자꾸 잊어버림,일에 방해됨

5. 집 외에서 옷갈아입고 샤워하는거 귀찮아죽어.

위 조건외 뭐가 있나.

답은 이미 알고 있었다. 달리기!

다치지 않고 잘 달리기 위해 기초 개인

레슨을 시작했다. 뭐든 첫단추가 중요하니

스승을 잘 만나야 한다. 첫 레슨은 느낌좋아

느낌좋아.

## 쇼콜라티에의
## 직업병

．
．
．

쇼콜라티에는 주로 서서 일한다. 일하는 대부분의 시간 동안 고개를 숙이고 구부리고 있다. 팔도 많이 쓴다. 그러다 보니 목부터 다리까지 망가지기가 쉽다. 하지 정맥 수술은 기본이고 디스크, 오십견, 테니스엘보우, 손목터널증후군, 손가락 방아쇠증후군, 섬유근통증후군…. 그러고 보니 지금까지 받은 진단명도 골고루다.

작업 시간에만 몸을 혹사시키는 것이 아니다. 퇴근 후에는 인스타그램, 페이스북에 포스팅한다고 침대에 누운 채로 핸드폰을 잡고 있다. 이것도 온갖 통증과 무관하지 않을 것이다. 장사가 안되면 남의 인스타그램을 보며 '다들 너무 잘하는구나, 난 뭐냐'하고 자책한다. 휴대폰은 눈뿐만 아니라 정신 건강도 해친다.

긴장된 상태로 계속 지내다 보니 근육이 굳게 되는데, 문제는 그 근육이 딱 그 부위만 아프게 하는 것이 아니라 엉뚱한 곳을 잡아당긴다는 것이다. 무리하면 체하기도 하고, 뒷목이 아프면 편두통도 함께 온다. 그런데 위내시경이나 뇌 촬영을 해 보면 아무 이상 없이 멀쩡하다. 쉬어도 피로와 긴장감이 사라지지 않고 불면이 계속되고, 불면은 다시 우울을 부르는 악순환이 이어진다. 쇼콜라티에는 참 험악한 일이다 싶겠지만 쇼콜라티에 대신 어떤 직업을 넣어도 비슷하지 않을까.

운동해야지, 해야지, 해야지, 해야지, 해야지 하고 천 번 넘게 다짐을 한다. 이건 결국 '내 체력과 내 근육은 내가 세워야 한다'는 것을 안다는 증거다. 하지만 이미 틀어지고 삐거덕거리는 몸으로 운동을 시작하는 것도 쉽지 않다. 심각할 땐 운동이 아니라 재활이 필요한 게 아닌가 하는 생각도 든다(잠깐 울고 갈게요).

직업병 무서워서 직업을 버릴 수도 없고 그럼 어떻게 하나? 일하면서 틈틈이 스트레칭해 주고, 핸드폰 침대 옆에 두지 말고,

자기 전과 일어난 후에 가벼운 스트레칭 꼭 하고, 물 많이 마시고, 순하고 균형 있는 음식 규칙적으로 먹고, 햇볕 받으며 산책하고…. 휴~ 이런 너무 뻔한 말 늘어놓다 보니 꼰대가 된 느낌이다.

우리는 이미 다 알고 있다. 나를 보살피는 법이 무엇인지를. 그리고 그걸 매일 반복하는 게 어렵다는 것도 알고 있다.

사소한 것이라도 그 시간을 반복해서 지켜 내다 보면 단단한 의미가 된다. 여유 없는 일상에 휩쓸리지 않고 나를 위해 '하루 루틴을 지키는 것'이 '병원 가는 것' 보다 어렵긴 하다.

세로로 쓴 표어 하나 냉장고에 붙여야겠다.
"직업은 체력으로 지키고 체력은 루틴으로 지킨다."

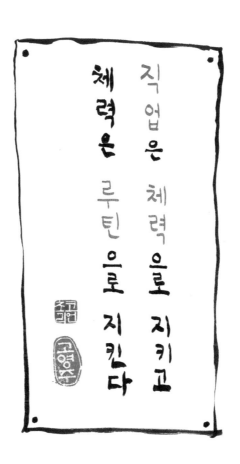

직업은 체력으로 지키고
체력은 루틴으로 지킨다

2021. 11. 20

주5일 근무라서 모든 직원이 다 만나는 날이
없다. 어제 은정씨가 고향에 콩털러
가느라 휴무일을 바꿔서 오늘 다 모여
근무를 했다.

　자기들끼리 마감 후 한잔 하자고
약속을 하고 나에게 오라고
초대를 하길래

"사장은 그런 데 끼는게 아니라고
배웠습니다." 라고 공손히 말하고
법카를 책상위에 살포시 올려놓았다.
20대 직원들이 50대 사장과의
술자리가 자기들끼리 보다 더 편할리 없고,
회식대신 현금으로 방침?을 바꾼지 오래라...
네시가 되도록 밥을 안 먹길래 물었더니
이따 많이 먹으려고 참기로 했다고 해서
살짝 떨렸다. 내 카드 〰〰 ㅎㅎㅎ

새로 들어온 직원, 조만간 나갈 직원 위해
겸사겸사 술자리 만들고 화기애애 하는
직원들 모습이 보기 흐뭇하다.
코로나 규제가 완화되어 술집이
12시까지 하게 되니 다들
이런 자리도 참 오랫만이구나 싶다.
홍대시절 맛집 매상 열심히 올려주던
우리의 회식문화는 이제 추억에 묻고,
직원들이 모인다면 카드를 공손히 드리는
사장이 되었다.

좋아진건지 나빠진 건지는 모르겠다.
그냥 다른 양식을 선택했다.
우리가 함께 일하는데 문제 될것 없는
선택이라고 생각하지만
직원들 생각은 모르겠다.

223

〈 그때는 맞고 지금은 틀리다. 〉

- 기술은 도제식으로 배운다.

- 기술을 배우기 위해 박봉을 견딘다

- 가족같은 회사

- 부모나 스승같은 사장

- 손님은 왕이다.

〈 지금은 맞고 언젠가는 ... 〉

- 기술은 돈내고 배우고 일하며 익힌다

- 일하면 누구나 최저임금은 받아야 한다.

- 일터같은 회사

- 계약조건 잘 지키는 사장

- 손님은 고마운 이웃이다.

# 좋은 직원과
# 좋은 사장

<br>

．．
．．
．

발렌타인데이는 초콜릿 업계가 가장 바쁠 때다. 발렌타인데이
를 앞두고 직원들과 이런저런 준비 과정들을 공유하고 작업 계
획을 의논했다. 코로나와 함께 한 지난해 발렌타인 기록을 다
시 봤는데, 올해도 목표를 정하기가 어려웠다.

직원이 발렌타인데이 시즌에 급격하게 늘어날 물건을 놓아둘
장소 걱정을 하길래 "예전 작업량에 비하면 아무것도 아니니
까"라고 했는데 예전 홍대 시절부터 일했던 직원이 이렇게 말
했다. "아무것도 아니라는 말 좀 하지 마세요, 쫌! 직원들은 어
쨌든 발렌타인 치루려면 힘들어요." 그니까, 시집살이 호되게
한 사람이 며느리 시집살이 시킨다고. 웅얼웅얼.

쥐구멍이라도 찾고 싶었다. '라떼는 말이야'를 시전하다 한방 먹었다. 어찌 됐든 직원 입장에선 듣기 싫을 말본새다. 나는 조용히 찌그러져 내 할 일이나 했다. 새 메뉴 짜고, 테스트 레시피 뽑고, 목표 정하고, 인원 충당, 재료 발주하고 자금 계획 살펴보고.

며칠 지나 냉장고에는 작업량 목표와 작업 계획이 붙어 있었다. 나는 아직 주지 않았는데, 이상해서 물어보니 자기들이 의논해서 '이만큼은 팔아야지'하고 일단 정했단다. '앗, 사장처럼 일하는 직원이라니, 모든 사장들이 바라는 꿈의 직원 아닌가.' 언뜻 봐도 내가 정한 것보다 목표치가 높다. 직원들이 고마웠다.

어느덧 사장이 된 지 20년 차가 되었다. 모든 사장은 직원이 사장처럼 생각하고 오래 일해 주기를 바랄 것이다. 나도 그랬었다. 지금 생각해 보니 직원에게 바라는 게 뭘 그리 많았는지(월급보다 많았네!).

지난 직원들을 돌이켜 보면, 내게 최고의 직원은 '지각 안하고, 맡은 일을 정직하게 하는 직원'이었다. '정직하다'는 것은 '일의 능력'이 아니라 '일을 대하는 태도'를 말한다. 태도가 좋으면 함께 일하기에 편안했다. 능력은 개발하면 되지만, 태도는 쉽게 바뀌지 않는다는 걸 경험했다. 태도가 반드시 밖으로 드러나는 행위만을 뜻하는 것은 아니며 태도가 좋다고 오래 다닌다는 뜻도 아니다.

면접 때 태도가 좋은지 알아보는 법은 나도 잘 모르겠다. 나는 사람 보는 눈이 어두워 겪어 봐야 안다. 20년 사장을 하면서 들고나는 많은 직원들을 만났지만 사람은 저마다 너무나 다르니 직원을 이렇다 저렇다 일반화하기가 어렵다.

'직원은 사장이 아니고 사장은 직원이 아니다'라는 단순한 사실을 받아들이고 난 후 사장 노릇이 조금 더 편안해졌다고 말할 수 있다. 사장의 기대감과 상관없이 직원은 직원의 마음이 있다. 그 마음을 보면서 필요할 때 조금씩 끌어 주는 게 사장의 역할이라고 생각한다.

우리는 정해진 시간 동안 같은 배에 타고 있다. 서로 가고 싶은 방향이 다를 수도 있고, 내리고 싶은 목적지도 다를 것이다. 배에 타고 함께 가고 있는 동안 서로의 입장을 존중하면서 일하면 되는 것이다.

주말 알바가 벨기에로 교환 학생을 가게 됐다. 다음 주에 퇴사한다. 장기 근무를 해 퇴직금도 있으니 나도 왠지 뿌듯하다. 그는 '지각 안하고 정직하게 일하는' 직원이었다. 우린 모두 그 직원의 퇴사가 아쉽지만 앞으로의 길을 진심으로 축하한다. 다시 만나면 더 반가울 것이다.

솔.직.히. 사장처럼 일하는 직원 말고, 늙어 가는 나 대신 사장을 해 줄 직원 기대한다(꿈이 더 커짐).

2021. 11. 22

월요일 휴무일에 출근을 했다.
한국에 초콜릿제품을 수입하는 회사와
줌으로 컨설팅을 하기로 했다.

인스타 메시지로 제안이 왔고 처음엔 스팸인 줄
알았다. 영어라서 능숙.

기업에 필요한 전문가와 연결해주는 곳이며
초콜릿에 대한 Expert Insights 가 필요한
업체와의 한시간 영상미팅에 얼마를 지불한다는
간결명확한 내용이며 미리 양쪽의 정보를
전달받았다. 영상은 녹화된다고 알려줬다.
일처리가 순조롭고 전문적인 느낌이라 기꺼이
오케이하고 살짝 설레였다.

비슷한 이유로 찾아와서 한두시간 공짜로
털린적은 너무 많았었다. '전문가의 통찰력'을
돈 주고 듣겠다는 경우는 처음이다.
'제품개발'도 아니고 한시간의
'인터뷰'를 말이다. why not?

21. 11. 22
전문가의 '통찰'을 얻기 위해서는 비용이 듭니다

모든 절차가 예의바르지만 생기있게 진행됐고
나는 내 경험과 아는 선에서 질문에 답했다.
만족한 듯 보였고 미팅이 끝나고, 연결해준
분이 클라이언트가 매우 유익했고 추가 질문시
이메일을 보내도 되냐고 물었다.
이메일에 대한 답변도 돈을 지불한다고.
와이 낫?
이게 당연한 건데 왜 이리 참신하게
느껴지고 속이 뻥 뚫리지?
그동안 고구마 백개쯤 먹긴 했지. 안그래도
 얼마전 찾아오신 모대학 교수님이 먹인
고구마로 답답하고 안타깝고 미안해서
생각이 많았는데 오늘 좀 풀리네.

 영리목적에 필요한 '전문가의 통찰'은
돈 내고 받는게 맞고, 비영리 목적이라면
주면 받자. 봉사도 하는 사람 마음이니까.

2021. 11. 23

유행은 디져트에서도 있는데 (심한데)
요즘은 특정품목이라기 보다 식감의 상태인거
같다.
"꾸덕한" "쫀득한" 마카롱, 쿠키, 케익,
브라우니, 파운드케익, 등등.
떡을 사랑하는 민족이라서 그런가
서양과자가 "떡"화 하는 느낌.
꾸덕함은 회복되고 있는 상처, 바닷바람에
건조되는 생선, 고구마말랭이 뭐 이런게
연상되는데 도대체 왜 꾸덕해서
맛있다고 하는지 궁금해서 요즘 핫하다는
대표 "꾸덕" 쿠키랑 몇가지 먹어봤다.
인스타 사진으로만 봐도 반죽이 떡져서
먹고 싶지 않았지만 직업정신 짜내서 도전!
아 — 이 떡진 상태를 추구하느라
레서피를 연구한건지, 그냥 유행 따르느라
꾹꾹 눌러 크고 두껍게 덜 구운건지 모르겠다.

꾸덕 쫄득은 모르겠고

찐득하고, 무겁고, 떡지고, 거서 맛없고

배부르다. 이게 사람들이 좋아하는

가격대비 성능 '가성비'가 좋다는 걸까.

갑자기 '떡'한테 미안하네. 나 떡순인데.

떡도 질감, 밀도, 식감 다 다른데말야. 떡이

다른 빵과자에 비하면 밀도가 높은 편이라

'떡지다'는 부정적 의미로 쓰이나 보지만

엄연히 추구하는 개성이 뚜렷하다

떡보다 더 다양하고 복잡한 재료와 공정을

갖는 서양과자류가 다 비슷한 성격을

향해 경쟁하는거 같다.

"일단 크거나 뚱뚱해야 해!"

"꾸떡 꾸떡 쫀득쫀득 쭈악쭈악 = 맛있는거!"

디저트의 경쟁품목은 혹시 아무데나

두껍게 올라가 있는 플라스틱 같은, 껌같은

치즈인가?

내가 제과쪽은 잘 알지 못해서
그러는데.
요즘 "꾸덕하게 구웠어요" 하고
단면 잘라서 인스타에 올리는
브라우닌지 케익들
가운데 백록담처럼 푹 꺼지고
반죽이 눌린듯 기공 하나도 없는거
호...혹시 레서피랑 잘못 구워서
그런거 아닌가 혼자 의심함.
나 과자랑 케익 엄청 좋아하는데
요즘 유행엔 손이 안가.
유행에 뒤쳐진 사람인가?
이러다 살 빠지겠어.
약과나 먹어야겠다.

뚜카롱에 이어 뚱쿠키가 유행이다.

사람(여자)들은 더더 날씬해 지고
싶어하는데 단과자들은 왜그러지?

단과자에 대해 가장 재밌고
신통한 글을 쓰는 '이덕' 님께 묻고싶다
「단과자의 유행을 통해서본 우리 사회」
이런 칼럼 누가 안쓰나. 궁금해.

기본기가
좋은 집의
뚜카롱은
맛있더라
문제는 기본기

뚱쿠키에 감정 있네
있어. 너무 막그리네

왼손 글씨가 조금 익숙해 지니까

다시 흐트러진다.

속도가 나니까 글이 생각보다

앞선다.

익숙해 지면 집중, 정성 그런거

자꾸 깜빡하게 되나보다

모든 익숙함에 대해

한번씩 낯설게 바라봐야겠다.

조금 더 잘할 수도 있을 수 있어.

왼손 글씨 아직 '글씨체' 도 없는데

뭘 벌써 익숙해지고 난리 .

스타일도 없는 것이 .

**왼손 일기 8개월째**

**모든 익숙함을 낯설게 바라보기**

2021. 11. 25

동생이 갱년기까지 겪느라 많이 힘든가보다.

신장 이식한 첫아들 조마조마한 마음으로
키워내고, 둘째가 이제 다섯살이니
갱년기 아니더라도 힘에 부칠테다.

코로나 이후 남편의 수입도 불안정 해지고
동생의 일도 근근한 눈치다.

나는 그리 살가운 언니도 아니고 서로
성격도 많이 달라 서로 많이 겹치지 못하고,
각자의 삶을 사느라 바쁘다.
자매끼리 많은 걸 함께하는 친구들 보면
'저것도 큰 힘이고 복이구나' 싶지만
나는 그러지 못했다. 그렇다고 사이가
나쁘지도 않다. 내가 한국으로 돌아왔을때
동생은 적금을 깨서 내밀었고
빈 털털이였던 나는 그걸 요긴하게 썼지싶다.
그 후 내가 돈을 벌면서 동생이 하는 보험을
꽤나 들어주었다.

그래도 살가운 언니가 아니여서
동생이 나를 어려워 하는 것 같았다.
난 동생이 일하는 사회인으로 프로답길 바라는
사회선배 같은 자세였던 거 같다. 왜그랬을까. 나까지.
어차피 그런 시선은 사회에서 지긋지긋하게 받을텐데.
오늘 아침에 통화하다 "언니 나 너무 힘들어."
하는 동생의 말에 마음이 쿵 떨어진다.
그 말 한마디에 동생의 삶이 바람처럼 불어와
오소소 서늘해지졌고, 슬프고 안스러웠다.
"그럴만해. 너 힘들지. 얼마나 힘드냐.
그동안 애썼지. 힘껏 살아내느라 지쳤지.
대단해. 애썼어..."
같이 좀 울다가 늦둥이 웃긴 얘기하며 웃다가
"운동 하자. 괴롭고 슬프면 햇빛 아래 걷자.
켈투스 들으면서 웃는다. 나두 나두..그렇게 마무리.
껍데기만 남은거 같다는 동생아.
나비로 다시 태어나려고 그래. 그게 갱년기야.

237

운동하자. 괴롭고 슬프면 햇빛 아래 걷자.

컬투쇼 들으면서 웃는다. 나두 나두.

2021. 11. 30

주말에 지리산 고은정 선생님의 맛부 '김장학교' 다녀왔다.

엄마네 김장을 못하게 막으려고 미리 등록하고 통보했다. 두분 김장하고 나면 건강에 크게 타격 오겠다 싶어서 강력히 반대했다.

평생 해오신 밥상농사를 대책없이 막을수 없으니 품질, 맛 보장된 맛부에서 담가오기로 했다.

한번도 안해본 김장을 담그러 간다니 심란했다. 얼마나 힘든 일인지 알수있고 시원찮은 손과 허리땜에 공동작업에 민폐 아닐까 걱정했다.

생전처음 핫팩도 배에 붙이고 김장대첩으로 출발 ∼ 만반의 준비는 고은정 선생님의 전문가 팀이 다 해놓고 우린 그저 하라는대로 (도 못)하며 어설픈 보조로 일박이일 우왕 좌왕 하다보니 어마어마한 김장이 끝났다.

**21. 11. 30**

**김치는 사랑이었구나**

배추김치, 굴깍두기, 파김치, 호박김치, 백김치, 동치미
여섯가지 김치를 부모님 댁으로 택배 보내놓고
기차 시간이 많이 남아 남원 요천변을 길게
걸었다. 점점 길어지는 그림자와 물살에
비친 햇살, 함께 걷는 지니쌤과 이게
갈대냐 억새냐 엉앤더머두 즐겁고 깔깔 하하
패잔병 같던 마음에 다시 에너지가 찬다.
김장을 계속 담그게 하려고 이 힘든
행사를 강행하시는 고은정 선생님과 스텝분들
앞에서 할 소리는 아니지만 (그래서 뒤에서)
돌아오는 기차에서 갈때보다 더 걱정했다.
'내년부터는 엄마아빠 김장 내가 한다'고
큰소리 쳤는데 나 어뜨카나?
다 해놓은 김장판에 고무장갑 하나 엉기도
이리 힘든데...
 김치는 사랑이었구나. 평생 모를뻔한
 얻어먹은 사랑

wow GIMJANG !

함께 해야하는 숙제

맛있은 부엌

맛있

김치는 도저히
못그리겠어.
제목을 바꾸자
♪ 세가지 색의 고무장갑 ♬

21. 11. 30

〈세 가지 색의 고무장갑〉

2021. 12. 4

그림일기를 즐겁게 시작할수 있게
이끌어준 밥장 선생님의 '내성적 싸롱 호심'
에서 강의를 했다.

통영에서는 통영이니까 예술적으로
피피티를 새로 구성했다.
제목은 "달콤하고 은밀한 쇼콜라쇼"
쇼콜라쇼 chocolat chaud 는 불어로
따뜻한 초콜릿 Hot chocolate.

자료를 만들면서 상상한다.
시대별 작품 속 초콜릿의 역사, 문화, 에피소드를
듣다보면 초콜릿의 본질을 알 듯 해진다.
어쩔수 없이 지루한 전문적 설명에서 살짝
조는 분 나오지만, 현란하게 휘저으며 끓이는
핫초콜릿 향기에 술렁인다.
그걸 마시는 순간부터 내 안에 숨어있던
목앙이 기뻐하며 … 난리난다.
하나의 본질을 이해하고 열을 아는 똑똑한
소바자가 되어 돌아간다 눈빛 초롱초롱

쇼콜라쇼가 어울리는 오후네시 시작한 강의는
어둑해질 때까지 딱 상상대로 흘러갔다.

프로젝터를 출입구 위 벽에다 쏘는 바람에
잘 안보이고 떨려서 (나 내성적 쇼콜라티에 )
전달이 미흡해서 아쉬웠다.

그래도 마지막엔 모두 행복해 보여서
다행이다.

나의 백마디 설명보다 한 잔의 쇼콜라쇼가
그렇게 만든거다.

百見而不如行

토요일 오후 네시 은밀하게 모여든
그 분들이 달콤한 행복을 획득하셨다.
그럴 자격이 있는 분들이다.

비록 한 잔 분량의 행복이지만
다음 행복의 마중물이 되길 .

2021. 12. 5

온화한 통영에서 하루종일 그림을 그렸다.

'호심'의 마당을 바라보고 앉아서
색연필, 싸인펜을 진열하고 몰스킨 스케치북을
가운데 정렬하고 커피와 쿠키를 오른쪽에
놨다 왼쪽으로 옮겼다가 심호흡. 한숨 푹 —
그림이 시험공부냐?
그림일기 선생님이 '딸기를 그려볼까요?'
하시고는 '딸기를 그리려면 딸기를 관찰하세요'
하신다. 훌륭한 선생님은 어쩜 그렇게 기본을
강조 하실까.
'잔재주부터 알려주심 안될까요 힝 —'
딸기 두개 그리느라 꼬박 여섯시간 앉아
있었다. 첫 시작이 늘 막막 하고 어려웠지
막상 시작하면 엄청 재밌다.
내가 그림그리기를 참 좋아하는구나
더 잘 그리고 싶다.
더 잘 바라보자.

2021. 12. 7

아버지 87세 생신.

올해부터는 자식들이 주는 돈봉투 일절 안받으신다고
선언하셨다. 난감하다.

언젠가부터 '돈이 최고지' 라며 편의로
선물의 의미를 묻는 느낌도 있지만 '선물'은
고르기 너무 어렵다.

어제 통영을 떠나기전 서호시장을 갔다가
너무 싱싱한 아귀를 보고 맥락없이 아버지가
생각나서 덜컥 샀다.

전날 봉수골 용화점에서 서울과 차원이 다른
아구찜을 먹고 '아귀가 신선하면 이런맛이구나'
감동받았다. 그래서인지 출렁 살아 움직일듯
싱싱한 아귀를 지나칠 수 없었다.

아 어쩌지... 집에 와서 아이스박스
열어보고 다시 닫았다.

차라리 아구찜을 사오지. 한번도 만져본적
없는 슬라임 같은 큰 생물을 어쩌지...
통영 오월 쉐프님께 S.O.S.

〔통영식 아귀 수육〕

· 아귀를 물에 씻는다
· 아귀 이빨은 사방으로 뻗고 날카로우니 잘라내고
· 물이 많이 생기니 물없이 찐다
· 익으면 콩나물, 미나리, 대파 얹고 한소큼 가열
· 특히 아귀위, 간 별미임

수육이라니... 이건 할 수 있겠다. 다행이다
딸아이가 할아버지 생일 선물이라며 보드라운
감자스프를 열두시 넘도록 끓여 줘서 다행이다.
엄마아빠 취향저격에 실패하면 감자스프
를 내놓아야지.

아버지가 고개를 끄덕끄덕 하며 많이 드셨다.
맛있다는 뜻이다.
예전에 직장에서 밤근무 하실때 퇴근하며
사드시던 '물텀벙이탕' 이야기를 들려주셨다.
추운 겨울아침 가벼운 주머니로 따뜻하고 푸짐했던
'추억의 맛' 이라고. 그때 그것처럼 '딱 그렇게
싱싱하구나' 하신다    선물 성공!

부모님 댁에 갔다가 나올때면
아버지는 늘 차까지 배웅하신다.

주차장까지 짧은 거리지만 뭔가
말씀하고 싶은게 있으면 그때 하신다.

"니 엄마 요즘 힘들어. 이명으로
오래 고생하고 이약저약 많이 먹어서
아주 지쳐있어 . . . .

그런데 너 전화를 받기 싫어해."

"네??? 왜에에니?"

(내가 얼마나 잘하는데?)

"너 맨날 엄마한테 따지고, 엄마
틀린거 지적하잖아."

. . . . . . . . . . . .

"엄마한테 필요한 건 그게 아니잖니."

엄마

귀에서 기차 미끄러지는 소리가 난다니
얼마나 힘들어요. 얼마나 괴롭겠어.
코로나 때문에 좋아하던 노래교실도 못가고
운동도 못해서 몸이 부쩍 약해졌나봐.
집에만 있으니 여기저기 아픈곳이
더 신경쓰이고 불안하고 그렇겠지.
그래서 용하다는 병원 가보고 싶어서 그런거지?
너무 먼 병원 가보고 싶을때 말해요.
내가 같이 가줄게.
엄마 힘들겠지만 이렇게 노력하시니
꼭 좋아질거야.


엄마, 그렇게 말해주지 않아서
미안해요. 정말 미안해.

**21. 12. 24**

**코로나 시대 크리스마스 이브**

2012. 12. 25 아니구나 24 일

코로나 방역 4단계 중 크리스마스 이브.

식당과 술집은 대목을 허탈하게 놓치고 한창 시간에
문을 닫아야 한다. 9시 이후 사람들이 거리로 나온다.

한낮에 들른 마트는 북적였다.

짚신장수, 우산장수 아들을 둔 어머니의 근심처럼
세상의 근심은 돌고 도나보다.

누군가는 재미를 보고 누군가는 한숨을 쉰다.
나의 장사도 오르락 내리락 그 안에서 돌고돈다.
길게 보면 손해도 이득도 뭉뚱그려져 본질만 남으니
점점 더 느긋해지는건지 둔해지는건지, 괜찮다.

영진이가 크리스마스 선물이라며 망원동에서
케이크를 주문해줬다. 할머니 할아버지랑 먹으라고.
덕분에 즐거운 시간이였다.

내가 선물한 몰스킨노트에 엄마가 척하니
자신을 그렸다.

"산이 있어. 나무도 있고 ... 이건 난데
귀에서 소리가 나고 다리가 아파서
묶고 있어."

오무
라이스
잼잼

새우 + 전분피 = 하가우

코로나로 다들 힘들지만 기껏해야 동네 복지관 취미교실이나 노인대학이 낙이였던 노인들의 변화가 가슴아프다. 집에만 있으면서 부쩍 약해지는 과정을 고스란히 보고 있으려니 '이건 재앙이구나' 실감 한다.

내가 재미들린 그림 그리기를 추천하고 싶어서 집에 있는 몰스킨 노트, 싸인펜, 요무라에스잼잼 색칠북 갖다 드렸다.

거침없이 그려나가는 엄마가 신기하다. 어린아이처럼.

색칠북은 저훈이 수준 아니냐며 넘겨보더니
"어머 이거 너무 먹고 싶어서 어떻게 끝까지 칠하겠냐. 맛있게 생겼다.야."
결국 딤섬 그림은 몇번이나 쓰다듬으심.
깔깔 웃고, 찔끔 울고, 맛있게 먹은 크리스마스.

집에 와서 나를 위해 Bunnahabhain 한잔 따랐다. 메리투데이, 아니 두잔.

2021. 12. 25

알람을 끄러 나와서 다시 침대로 갈까말까
스스로의 유혹(강렬한)을 이기려고 폼롤러위에
누워 유트브에 저장된 폼롤러 선생님(소미핏)을
모셨다. 눈감고 으으~~요히 소리내며 따라하다
보면, 마지막 폼롤러 위에 올라 설때면 눈이 떠진다.
"여러분 오늘도 잘 따라와 주셨고~ 기분 좋은 하루되세요~"
늘 듣는 마지막 멘트)만 들을 때마다 고맙고 뿌듯하다.
'오늘도' 따라했을 뿐인데 '기분이 좋아' 졌으니
널리 이롭게 하시는 유트브속 선생님들 정말 대단하다.
일년 넘게 폼롤러를 죽부인 삼아 뒹굴거렸더니
목에 타고 있던 천근의 무게가 많이 가벼워졌다.
그래서인가 이십년 달고 살던 편두통도 줄었다.
각종 통증으로 안해본 치료가 없었는데,
낙숫물처럼 반복되는 작은것의 도움을 받고 있다.
유트브에 모신 내 주치의 선생님들 덕분이다. 고맙습니다.
『SomiFit』, 『엄마TV』, 『자세요정JSPT』, 『운동하는 물리치료사』

---

**21. 12. 25**

매우 호기로운 크리스마스 일기

모든 선생님 걸 매일 하는건 아니다.

그날 그날 컨디션과 기분에 따라 시간에 따라 고른다.

처음에는 습관 들이려고 냉장고에 목록을 써붙이고
매일 뭘 했는지 기록했다.

운동(만보걷기, 폼롤러 외 스트레칭), 영양제 챙겨먹기 등
칸을 만들고 O, X 로 기록하고 한달씩 달성도를 % 로
계산했다. 첫달은 70% 그다음달 63% … 54% …
반이상 실천하기가 어렵구나 싫어서 목표를 60% 로
정하고 11개월 기록하고 떼어버렸다.
기록 안해도 할수 있겠다 싶었다.

힘겹게 바닥에 몸과 마음을 질질 끌던 시기였는데
그래도 사소한 루틴 덕분에 조금씩 나아졌다.

기록 옆에 곁다리로 기분좋은 일 있으면 ♡ 표시를
했는데 힘들다고 행복한 순간이 없는 건 아니라는걸
보여준다. 이도저도 하기 싫을땐 나를 그냥 놔두고
「범능스님」의 지장보살을 들었다.

나 혼자 견딘 것은 별로 없구나. 덕분이다.

# Salami Dolce
## 살라미 돌체

: 살라미 모양의 초콜릿.

도마에 썰어서 파티 마지막쯤
내오면 완벽한 마무리!
(와인 한병 다시 시작 주의!!)

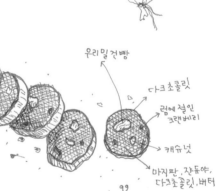

우리밀 건빵

다크초콜릿

럼에 절인
크랜베리

캐슈넛

마지판, 잔듀야,
다크초콜릿, 버터

" This is not Salami "

얇게 썰어서 와인, 위스키, 꼬냑, 맥주
온갖 주류나 커피, 홍차 온갖 차류나
그냥 단독으로 먹으면 기분이 좋습니다.

어제 크리스마스 이브라고
페북, 인스타에 온통 케이크 등장
나도 케이크 사진 올렸다.
내가 늘 말하는데)
크리스마스는 초콜릿 대목 아니라고요.
제과점 대목이죠.
그래도 이번달 매출을
살라미돌체로 지켰다.

내년 크리스마스 자랑포스팅마다
살라미돌체가 등장할 것이다.
하하하하
매우 흐기로운 크리스마스 일기.

"

나 혼자 견딘 것은 별로 없구나.

덕분이다!

"

2021.12.26

노는것과 쉬는것은 다르다.

쉬지 못하는 병도 있다.

아주 몹쓸 병이다.

잘 쉬지 못하면

일과 노는걸 잘 하기 힘들다

아주 손해다.

이제 주 40시간 보다 더 적게

일하게 될텐데.

주5일로 바뀌고 한동안 '노는일'에

집중했지만 앞으로는

'쉬는것'이 즐거 같다.

**21. 12. 26**

**노는 것과 쉬는 것**

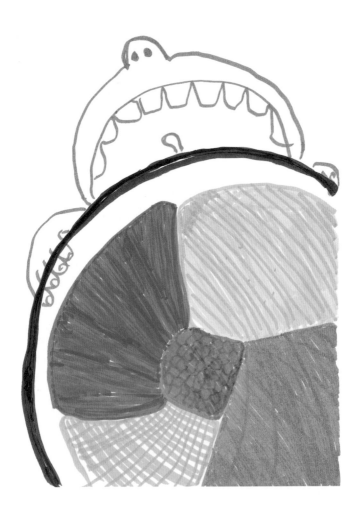

21. 12. 28

초콜릿 하나 팔자고 천 가지 일을 했지

2021.12.28

동네 새로 생긴 분식집. 날도 추운데 매장이 너무
쓸렁해 보여서 장사 처음하시나? 하며
들어가 보았다. 허둥지둥하시고 응대가 어색하시다.
동선이 엉망이라 더 허둥대는거 같다.

그 옆에 새로생긴 후또마끼 전문점.

비슷한 느낌이다. 응대. 서비스 공간과 작업공간이
자연스럽게 연결되지 않고 재료 적제공간이
다 노출, 서비스공간까지 재료, 비품이 쌓여있다.
한쪽에 일식학원 수료증이 있고 올해 5월 수료다.
둘다 작은 매장이지만 오픈까지 엄청 힘들었을테고
오픈하고 나서도 음식을 파는 것 외 생각도 못했고
생각대로 안되는 일들이 쌓여 있을 것이다.

나도 처음 홍대점을 오픈했을 때 초콜릿 하나 팔자고
천가지 일에 짓눌렸고, 첫 손님이 들어서는데
하마트면 도망갈 뻔 했다. 20년동안 6번 인테리어를
했는데 아직도 동선이 고민이고, 고치고 고쳐도 완벽은
없다. 그래서 남의 장사에 감나라 배나라 못한다.
추울때 오픈했지만 점점 잘되서 마음 따뜻하게
장사하시기를 바라며 오늘은 후또마끼 냠냠 "

# 돈 공부가
# 세상 공부

.
.
.

자영업자 사장은 셀프 고용한 스스로를 악덕 고용주처럼 부려 먹으며 퇴직금은커녕 월급도 보장되지 않는다. 잘되면 손이 더 필요해서 직원을 늘려야 하지만, 오르는 인건비에 비례해 매출이 올라 주지 않으면 추가 고용도 모험이다. 최소 인원으로 강행군하면 일이 많다고 직원들 표정이 좋지 않다. 이도 저도 속시끄러워 혼자 하는 시스템으로 바꾸면 셀프 감옥에 감금된 사장 표정이 어두워진다. 그래서일까. 한정 수량만 만들고 품절되면 대낮에도 문을 닫는 매장, 일주일에 3~4일만 문을 여는 매장도 이제 낯설지 않다. 매장 문 앞에 '사정이 있어 오늘은 영업하지 않습니다'라는 안내문이 자주 붙다가 곧 매장이 매물로 나오는 것도 자주 본다.

잘 돼도 안돼도 이래저래 다크서클 깊어지는 일이 장사인 것 같다. 공간을 만들어 놓고 '나 이런 거 만들어 팔아요, 나 이런 거 잘해요, 이거 맛나요, 오세요, 솔드아웃 됐어요' 끊임없이 인스타그램에 보여 주며 셀프 홍보하고, 현장에서 작업과 응대를 하면서 오픈·마감 시간 정확히 지켜 내기가 얼마나 어려운지. 널뛰다 미칠 것 같은, 약속 지키다 토할 것 같은 때가 온다. 돈이라도 잘 벌면 그 힘에 달리지만 텅 빈 통장 앞에서 '나는 무엇을 위해 일하는가'하고 헷갈릴 때가 온다. '돈 때문에 일하는 건 아니지만'이라는 말은 곧 현실의 벽에 부딪힌다.

- 몸으로 일하는 기술자는 몸이 허락해야 일을 할 수 있다.
- 몸이 무너지면 '멘탈'도 무너진다.
- 몸과 마음은 뫼비우스의 띠처럼 연결되어 있다.
- '우리 같은 기술자는 몸이 돈이야' 하는 말을 동료들과 자주 하는데, 돌이켜 보니 나는 '몸'에도 '돈'에도 무지했다.
- "몸도 마음도 보살펴야 했지만, 돈 공부도 해야 했어!"

기술자 20년 만에 드는 아쉬움이 기술이 아니라 돈이라니! 나도 당황스럽다. 몸은 한계가 있고 돈은 한계가 없는데, 몸은 한없이 쓰기만 했고 돈에는 관심이 없었다. 투자가 투기인 줄 알았고, 기술자가 돈 밝히면 순정하지 않은 것 같았고, 돈에 대해 욕심도 개념도 없었다. '돈을 좇지 않았고 돈이 따라 왔다'라고 떠벌인 적도 있는데, 이는 운이 좋았다는 말과 다르지 않다. 몸이 허락해야 일을 할 수 있지만, 돈이 허락하는 부분도 크다는 걸 실감하고 있다. 중년의 기술자로서 돈에 대한 나의 무지함에 어느 순간 등골이 오싹하고 한없이 부끄러워졌다.

몸으로 일해서 버는 돈만 돈인 줄 알았다니!
내 몸이 이렇게 한정적인데 '몸이 돈이 되지 못하는 때'를 준비하지 못했다니!
돈은 통장이나 자영업 운영에만 넣는 건 줄 알았다니!

소처럼 장사해서 산 아파트를 장사하느라 3년 전에 팔아 버린 나의 통탄할 무지함을 반면교사 삼아 '돈 공부'를 시작했다. 일에 쏟아붓느라 여전히 목돈이 씨가 마른 상태라서 일단 작은 액수로 주식을 연습한다. 이 느린 걸음마가 10년 뒤에는 어디쯤 지나고 있을지 기대된다. 소질은 영 없어 보이지만 나한테 맞는 방식인 '장기전'으로 시작한다. 막상 해 보니 돈 공부가 세상 공부랑 연결되어 있어서 의외로 재밌다.

'장인은 자신의 힘을 들여 온 세상이 사용토록 이롭게 하니
그 공이 큽니다.'

-(《중종실록》 4권, 1523년 윤4월 18일)

온 세상까지는 아니더라도 나와 내 주변을 이롭게 하는 기술자
이고 싶다.

정신력은 체력을 지렛대 삼듯이, 두꺼운 지갑이 내 노후와 일
을 더 든든하고 여유 있게 받쳐줄 것이다.

2021. 12. 29

12번째 달리기 레슨. 싸리눈이 와있었다.

처음 3분 뛰고 1분 걷기에서 이제 15분 뛰고
1분걷기로 발전했다. 눈이 바삭 바삭
연말이라 그런가 뛰는데 이사람 저사람
보고싶은 얼굴들이 떠올랐다. 고마운 사람들.
늘 차보자기에 향기나는 차와 다구를 싸들고와서
세상에서 가장 정성을 담은 손길로 내게
차를 우려주던 차박사 정혜리 샘. 받은 감동이
떠올라 마음이 폭신해졌다. 올해 가기전
감사를 전하고 ··· 그리옹이 꼬리를 무는데
선생님이 칭찬을 하신다. 자세 흐트러짐 없이
끝까지 잘한다고. 와우 나 딴생각 해도?
좋은 자세를 위한 근육이 생기기 시작하나봄!!!,
피로가 쌓이지않게 조이고 풀고 뛰고 걷고를
귀신같이 잘 하시는 코치선생님 덕분입니다.
남과 비교하지 않고 '나'를 존중하며 '나'로부터
이끌어 주셔서 감사합니다.

"

남과 비교하지 않고

'나'를 존중하며

'나'로부터 이끌어 주셔서 감사합니다.

"

2021. 12. 30

티라미수 젤라또를 시작해야지 하고
마스카포네 치즈를 주문했는데 안 써본 제품이왔다.
테스트 해보기 너무 귀찮아서 그냥 티라미수를
만들었다. "왜 이건 안 귀찮아요?" 묻는다면
"이유는 읎써 - 그냥 하는거야."
벨기에서 이웃 할머니에게 배운 레서피로 자주
해먹었는데 오늘은 유민주님 유튜브에 올라온
「구찌가 사랑한 티라미수 레서피」대로 해봤다.
한번은 진한 커피로  한 번은 아이스초콜릿을
레이디스 핑거로 찍어서 했다.
벨기에서도 꼭 그렇게 두가지로 했다.
아이돌이 식사의 마무리까지 어른들과 함께
즐기라고 같은 모양의 맘껏 먹을 수 있는 디져트를.
방법도 쉽고 (그래서 따라했지) 맛도 좋아서
다들 접시를 싹싹 긁었다.
난 커피로 한 게 좋았고 우영이는 초콜랑 커피를
같이 먹으니 좋다고 했다. 모카티라미수 탄생!

아이들과 새해 떡국 먹고 먹으려고 초코티라미수 한통을 챙겼다. 아! 애들이 이제 다 컸지?!!! 27살, 30살 ... 현타온다.

애들이 7살, 10살 때 한국으로 돌아왔다. 더이상 초코티라미수는... 얘들아 크림에 바닐라럼을 아주 듬뿍 넣었다. 음? 좋지?

출근해서 주차하고 얼어있는 바닥을 못보고 그만 대차게 미끄러졌다. 엉덩방아와 또 손목 ... 쇼크로 못일어나고 있는데 지나던 분이 "119 불러드릴까요?" "아뇨 가게 안에 직원분좀 ..." 두사람 부축받아 겨우 일어나 들어가서 기다리던 윈더윌 직원분과 미팅하고, 티라미수 만들고, 몽로 보낼 토로네 만드는 거 봐주고 병원가려다 집에 왔다. 꼬리뼈 주위랑 손목이 점점 더 아파오는데 집이 너무너무 그리웠다. 집에오니 포근하니 좋다. 다행이다. 낼보자.

YouTube

Before

구찌가 사랑한 티라미수 레서피 (Feat . Tea라 ∨
미수 ) | 노오븐 디져트 | 만드는 데 5분

👍 👎 ↪ 🏳 💾 ↓
1.3천

 유민주 Yoo Minjoo
구독자 1.68 만명                    구독중 🔔

크림 250g
마스카포네 250g
슈가파우더 70g
아메리카노 400ml
노른자 4개
레이디핑거스 한봉투

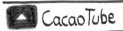 CacaoTube

After

우리 아이들이 사랑한 초코티라미수 레시피
(Feat. 혜진, 영진) | 노카페인디저트 | 먹는데 5초

👍 👍 👍 👍 👍 👍 👍

 고영주 Go Youngjoo

구독자 1.68 명                                    구독 좀 (🥺)

아메리카노 대신 아이스초콜릿 레서피

   100% 코코아파우더 40g  ⎞
      설탕  34g         ⎟ → 쉐킷쉐킷 → 레이디핑거스
      우유  320g       ⎠              적셔서 …

※ 주의! 인스턴트믹스파우더 말고요 쫌 (🥺) (공손한 '제발' 주먹)

2021. 12. 31

아침에 일어나니 꼬리뼈가 괜찮다.
파스 바르고 양손목에 압박붕대 하고 나오니
하늘이 맑고 기분이 좋다. 좀 아프지만 이정도니
다행이다.
선혜를 만나 장충동에 가서 어복쟁반과
냉면을 먹었다. 한해 끝에서 먹기 딱이라는
생각이 들었다. 코로나가 멈춰버린 우리들의
시간을 돌이켜보고, 그럼에도 최선을 다한 친구에게
술도 한잔 따라주고 싶었는데 냉면국물을 마셨다.
나는 개인적으로 많은 변화가 있었고 큰 강을 거의 다
무사히 건넌 거 같다고 말했다.
앞으로도 당혹스런 문제들을 만나겠지만, 각자의
고독한 시간을 살아내며 시원한 냉면 한사발에
수육 한접시 먹으면 좋겠다. 그럴 수 있다면 그리
나쁘지 않은 인생 같다.
(또) 너무 배부르게 먹고 각자의 일터로 갔다.
오늘은 쉬고 싶었지만, 말밀이라 거래처 재료비
송금하러 갔다. 남산터널대신 남산길 넘어서
드라이브 기분내며 출근했다.

**21. 12. 31**
오늘도 그런대로 잘 살았다, 안녕

퇴근길은 유난히 막혔다. 새언니와 길게 통화했다.
(오빠랑 결혼한지 수십년인데 왜 '새언니'지?)
언니 어깨에 자식걱정, 노후걱정이 무겁게
얹힌듯 한숨이 잦다. 웃음 많고 생활력 강한 귀여운
언니가 나이든다는 것에 밀리나보다. 외로워보였다.
오빠!!!! 내 뭔말 할 지 알지??!!
같이 살았던 날보다 더오래 같이 살지도 모른다. 식구들과
가끔 만나서 뭐하고 놀지 더 구체적으로 생각한다.
더 재밌게 놀면서 늙고 싶다. 같이.
노는노인 되고싶다. 깜찍하고 짝다리에 말야. 어?
장기계획인 '노는노인' 말고 오늘은 단기계획도
세웠다. 2022년 발렌타인에는? 뚜둥 ㅡ
2021년 2월 매출 다시 보니 어휵 ㅡ 참혹했군.
내년에는 다시 최선을 다해보자 까이꺼 코로나새끼
내일은 아이들과 모여 떡국 끓여 먹기로 했다. 신난다.
세뱃돈은 TQQQ 한주씩 사줘야지~
모여서 십년이 되고 인생이 될 오늘도 그런대로
잘살았다. 안녕 ㅡ

"

앞으로 당혹스런 문제들을 만나겠지만,

각자의 고독한 시간을 살아 내며

시원한 냉면 한 사발에 수육 한 접시 먹으면 좋겠다.

그럴 수 있다면 그리 나쁘지 않은 인생 같다.

"

# 내가 상상하는
# 나의 은퇴

.
.
.

삼각지에 좋아하는 밥집이 있다. 비가 오나 눈이 오나 할머니가 식당 밖 연탄 화로에 고등어를 굽는다. 고등어 뒤집는 할머니의 손길에 저절로 눈이 가지만, 기름기 자르르르 흐르는 고등어 냄새를 맡는 순간 갑자기 식욕이 상승해 식당으로 급히 들어가게 된다.

식당 밖에서 들어오는 고등어. 고소하고 촉촉하게 잘 구워진 고등어도 예술이지만 김구이랑 김치찌개나 김치콩나물국, 마지막에 나오는 숭늉의 맛이 하나같이 집밥처럼 편안해서 항상 맛있게 싹싹 비운다. 추우나 더우나 밖에서 이 맛의 중심을 잡는 할머니에게 고마워 식당 문을 나설 때는 더 크게 인사하게 된다.

'할머니는 이 식당의 모든 걸 다 만드셨겠지? 직원들에게 모든 걸 넘기고 이제는 고등어 굽는 일만 맡으신 걸까?' 자세한 속사정은 모르지만 완벽하게 고등어를 구워 내는 할머니의 '손'에 다시 눈이 꽂혀 신발끈 매는 척하며 한 번 더 돌아보다가 어그적거리며 나온다.

식당의 모든 구석구석을 일구었고 기억하는 할머니의 손은 이제 다른 사람에게 완벽하게 전달된 듯 보인다. 매일매일 의자와 한 몸이 되어 고등어만 굽는 할머니의 모습이 초라해 보이거나 불쌍해 보이지 않는다. 친절하고 느긋하게 미소지으며 "맛있게 드셨어요?"하고 인사를 건내면서도 고등어 굽는 손을 능숙하게 움직이며 한결같이 그 자리를 지키는 할머니. 할머니의 그 손은 배도 마음도 부르게 하는 따뜻한 식사를 만드는 손이다. 대단하고 멋있다.

지금 할머니의 손은 연장(extention)되어 식당의 모든 것에 닿아 있지만, 언젠가는 할머니의 고등어 굽는 기술이 누군가의 손으로 연장되거나 끊길지도 모른다. 끊긴다면 너무 섭섭하고 서운하겠지만 어쨌든 지금은 할머니가 계셔서 그 식당이 든든해 보인다.

요즘 부쩍 육체적으로 또 정신적으로 노화되고 있다는 사실을 느끼고, 그 사실 앞에서 당황하고 의기소침해진다. 언제까지 이렇게 일할 수 있을까 하고 자주 생각한다. 힘들어서 그만하고 싶을 때도 많다.

하지만 생각해 보면 어느 나이에나 그랬던 것 같다. 삼십 넘을 때는 주부였는데 힘들어서 죽을 뻔했다고 했고, 사십 넘을 때도 몸이 예전 같지 않다며 절망했다. 오십이 넘으니 이제는 정말 초라해 보일까 봐 쉽게 한탄도 못했다. 은퇴라는 단어가 남일 같지 않아서 다양한 은퇴의 모습을 관심 가지고 살펴보며 나의 은퇴도 상상해 보게 된다.

은퇴는 '직임에서 물러나거나 사회 활동에서 손을 떼고 한가하게 지낸다'라는 뜻이다. 하지만 내게 은퇴라고 하면 '흰머리 할머니가 되어서도 초콜릿을 만드는 내 모습'이 떠오른다. 훨씬 느긋하고 여유롭고 한가하게 일을 즐기는 내 모습. 더 맛있는 레시피를 개발하고, 더 잘 가르치는 내 모습, 재밌게 노는 내 모습. 나의 은퇴 이미지는 고등어 할머니와도 어느 부분 겹친다.

내가 나에게 속삭인다. '오래되고 숙련된 기술자가 나이 들면서 뒤로 물러나는 게 나쁜 게 아냐. 내 손을 연장해서 기술을 아낌없이 전달하면 새로운 기술자 안에 내가 들어 있고, 그들이 스스로 성장하게 지켜봐 주고 도와주다가 자유롭게 사라지고 싶어.'

나쁘지 않네. 이런 은퇴.

# 에필로그

.
.
.

2021년 4월 7일 시작한 '왼손 일기'가 오늘로 282일이 되었다.

이제는 왼손으로 쓰는 글씨가 약간이나마 익숙해진 것 같다. 조금 덜 삐뚤게 쓰는 정도지 아직 나의 글씨체가 생기지는 않았다. 'ㄱ'자를 둥글게 꺾다가 각지게 쓰기도 한다. 그때그때 다르다. 일관성이 없다. 한 삼 년 일기를 쓰다 보면 내 글씨체도 생기겠지. 이건 좀 욕심이 난다.

왼손 글씨로는 복잡한 생각을 다 쓰기가 힘들다. 그래서 덜어 내고 건너뛰며 쓰게 되는데, 다 쓰고 읽어 보면 굳이 쓰지 않아도, 혹은 버려도 상관없는 생각들이 참 많구나 싶다.

왼손 그림을 처음 시작할 때 마음은 '잘 그리고 싶다'였는데 지금은 '막' 그리고 싶다. 자의식은 내려놓고 본능하고 친하면서 쉽게, 대충, 설렁설렁 그리고 싶다. 그림을 그리는 것보다는 그리고 싶은 대상을 관찰하고, 그 대상에 대해 생각하는 과정이 그리는 것보다 새롭고 재밌다. 오른손으로는 이 정도까지 그려 본 적도 없으니까 그림은 잘 그리는 왼손에게 양보하자.

제주 올레는 한 달 걷기 프로그램 이후 친구들과 한번 더 다녀왔다. 추자도와 못 걸은 구간 두 개를 더 걷고 왔는데 다시 떠올려도 아름답고 행복한 시간이었다. 제주 올레 걷기 프로그램으로 한 달 훈련한 덕분에 길을 나서는 마음이 편안하고 자신감이 생겼다. 3년 안에 3킬로그램 미만 짐을 꾸려 다시 한 달 걷기 떠날 목표를 세웠다. 2023년이면 카카오봄 20주년이다. 그럼 내년이구나! 가야겠다! 목표 급 수정.

달리기는 지금까지 모두 열일곱 번의 레슨을 받았다. 근력 운동 강도가 조금씩 올라가고 있지만 여전히 자세에 신경 쓰면서 천천히 달린다. 이제야 어떤 자세가 필요한지 느낌이 온다. 살은 전혀 빠지지 않았다. 문득 내가 우리 직원보다 2킬로그램짜리 초콜릿 커버추어 10개 무게를 더 갖고 있다는 걸 깨닫고 크게 웃었다. 커버추어 10개 들기도 힘든데 말이다. 모두 근육으로 바꿀 테다! 레슨은 여름까지 받고 그 후에는 누군가와 느슨한 달리기 연대를 맺고 5킬로미터 마라톤 대회에도 나가 보고 싶다.

심리 상담도 계속하고 있다. 나를 힘들게 했던 그 문제들이 이전만큼 괴롭지 않다. 그것들을 지나왔거나, 그것들이 약해졌거나, 그것들에게서 편안해졌다. 앞으로도 마음 힘든 일들이 또 닥치겠지만 나에게 조금 더 유연함이 생길 것 같다. 다음 주에 가족 상담 예약이 되어 있는데, 아이들이 기꺼이 마음과 시간을 내주어서 고맙다. 우리 관계를 위해 유익한 시간이 될 거라고 믿는다. 내가 세상에서 가장 잘한 일은 혜진이와 영진이(석하, 진석이 개명했어요)를 낳은 것이다. 같이 살아가는 것도 잘하고 싶다.

일은 왜 더 재밌는 거지? 영국 사는 친구 남편(과학자)이 아침에 일어나면 "와우! 오늘 할 일들 때문에 너무 설렌다. exciting!" 하며 두 손을 막 비빈다고 한다. 나는 그 정도는 아니지만, 바닥이었던 에너지가 다시 생기고 있다. 힘든 터널인 줄 알았는데 지나고 보니 잘 쉬고 잘 놀면서 나랑 조금 화해한 것 같다.

얼마 전 선물 받은 책을 생각 없이 집어 들었다. 마크 리어리 (Mark Leary)가 쓴 《나는 왜 내가 힘들까?》라는 책이다. '나 자신 과의 싸움에 지친 이들을 위하여'라는 부제가 눈에 확 들어왔 다. 책에는 이렇게 씌어 있었다.

"인생은 이미 힘든 일들로 가득한데, 왜 우리는 쓸데없이 스스 로를 더 괴롭히는 걸까?"

나도 모르게 혼자 대답했다.
"그러니까요."

나에게 뜻밖의 선물로 다가온 이 문장으로 갈무리한다.
행운이다!

아픈 나와 마주 보며 왼손으로 쓴 일기

# 이만하면 달콤한 인생입니다

**초판 1쇄 발행** 2022년 4월 5일

**지은이** 고영주
**펴낸이** 안영숙
**디자인** 강경신

**펴낸곳** 보다북스
**등록** 2019년 2월 15일 제406-2019-000013호
**주소** 경기도 파주시 경의로 1100
**전화번호** 031-941-7031
**팩스** 031-624-7031
**메일** bodabooks@naver.com
**페이스북** facebook.com/bodabooks
**인스타그램** bodabooks

**ISBN** 979-11-975679-3-3  03810